黒い絵

原田マハ

Les tableaux noires

Maha Harada

講談社

黒い絵　Les tableaux noires／目次

装幀：重実生哉
装画：加藤 泉「Untitled」キャンバスに油彩 56×41.5㎝ 2017年　個人蔵
Photo：岡野 圭

黒い絵　Les tableaux noires

深海魚　Secret Sanctuary

オチかけたとき、あたしはいつも、押入れの中に逃げこむことにしている。

いつでも逃げこめるように、あたしの狭い部屋の押入れの上段は、薄汚れた毛布を一枚敷いたきりで空にしてあった。

マンガもスマホも持って入らない。必要ないのだ。ぽつんと小さな暗闇《くらやみ》の中、閉じこめられた感じを味わいたいから。

あたしはその場所を、「海の底」と呼んでいた。

入る前には、部屋のカーテンを閉めて、電気も消す。北向きの部屋だし、窓を開ければ隣のアパートの壁が目の前だから、もともと昼間でも暗い。完璧《かんぺき》な闇を作るのは、そんなに難しいことじゃない。

最近は、毎日オチてる。だから毎日入ってる。入るたびに、もう出るのやめようかな、このままこの中で暮らそうかな、と思う。そうすればいじめにあうこともないし、学校の裏サイトに中傷を書きこまれても見ずに済む。そんなふうに想像するのはけっこう楽しかった。

押入れの中に、自分の部屋を作る。電気スタンドと、クマのぬいぐるみと、パジャマと、枕《まくら》と、ノートとシャーペンがあればいい。食べ物はポテチとポッキー、コーラを飲んで暮らす。マンガを好きなだけ読んで描《か》いて、そのうちどっかのメジャーな雑誌に投稿して、十六歳でデビューして、ものすごい印税を稼いで金持ちになって、あたしをクズ呼ばわりしている連中を見下してやるんだ。

押入れの中で暮らすあたしは、きっと真っ白く、光に弱く、か細い女の子になるだろう。深海魚のように、闇の中でこそ鋭敏に動く美しい生き物になる。そしてきっと伝説になる。あたしを見かけたことがあると、風評がネットに流れる。ものすごい数のストーカーが、あたしのアパートに押し寄せるだろう。だけど、誰《だれ》もあたしをみつけられない。だってあたしは、押入れの中で暮らしているんだから。

闇をみつめながら、あたしはそんな空想に耽《ふけ》った。じっとみつめていると、闇は黒を通り越して青く感じられるようになる。そのうち、自分が目を開けているのか閉じているのか、生きているのか死んでいるのかもわからなくなる。そうして、いつのまにか眠りに落ちる。

押入れの中で見る夢は、たまらなく淫靡《いんび》だった。

夢の中では、あたしは決まって男だ。大人で、ワルくて、たぶんかっこいい男。自分で自分が見えないから、イケメンなのかどうなのかわからないけど。あたしは、すごくモテる。女の子は誰もかれもみんな、あたしに夢中になっている。

あるとき見た夢は、痴漢をする夢。満員電車の中で、現実のあたしと同い年くらいの女子高生の後ろに立つ。それだけなのに、彼女が、すごく興奮してるのがわかる。あたしは彼女の後ろから、短いスカートの裾《すそ》を伝って手を這《は》わせる。パンティの上から、彼女の大事な部分に触る。うっとりするほど、湿っている。

あたしは、彼女を誘う。押入れの中に。あたしの聖域に。

真っ黒で濃い空気の中で、あたしはあたしの下半身を彼女にぶつけている。ああ、ああ、と声がする。彼女の声なのか、自分の声なのかわからない。単調で果てしない喘《あえ》ぎ声は、絶望的な音楽のようだ。それに合わせていつまでも腰をぶつけ続ける。苦しい、痛い、気持ちがいいと思いながら。

ああっ、と果てる瞬間に、目が覚める。

頭の芯《しん》がじんと痺《しび》れて、まぶたの裏がぱちぱちする感じ。

制服のスカートの中に、手を差し入れてみる。あたしの中心は、とろとろのスープみたいに、生ぬるく湿っている。太腿《ふともも》のあいだに両手を挟みこみながら、男の子とセックスしたらこんなふうになるのかな、と思う。

下半身のずっと奥のほうが、ぎゅっと締まっているのがわかる。

これが、イッたってことなのかな。

そう、あたしはまだ、男の子とひとつになったことがない。

セックスには関心があったけど、男の子にはあまり興味もないし、出会うチャンスもないから。

あたしがかろうじて通っている女子高、あたしをいじめのターゲットにしてるクラスの女子たちはみんな、体験済みだ。聞こえよがしに、体位がどうとかフェラがどうとか、大声でしゃべっている。その話題についていけない子は、イケてないってことだ。

つまり、いじめられても当然、ってこと。

薄っぺらな毛布を、頭からすっぽり被る。あたしがうんと小さいころから、あたしとずっと一緒に過ごした毛布。腐りかけた果物のような、甘くて酸《す》っぱい体臭が沁《し》みこんでいる。

暗闇は羊水、毛布は羊膜、押入れは子宮。胎児のあたしを守る、完璧な宇宙。

たとえこのまま、死骸《しがい》になっても、母さえも気づかないだろう。

どうせ、今夜も遅いんだ。あたしは思う存分、海の底に沈んでいられる。


「瀬川《せがわ》さあ。べんとー超ワンパターンじゃね？」

毎朝、学校近くのコンビニで、昼食の弁当を買う。決まってシャケ弁。いちばん安いし、選ぶのが面倒だったから。いつもどおり、自分の席でシャケ弁をつついていると、大野正美《おおのまさみ》が隣の机にどかっと腰かけた。超ミニの制服のスカートから、白い太腿がむき出しになっている。腿の内側に入れた一輪の薔薇《ばら》のタトゥーがこの女の自慢だ。

「栄養つけてやろっか？」

大野のグループの女子たちが、あたしの周りに集まってくる。それぞれがつけてるコロンがごちゃまぜになって、狂い咲きの花畑みたいな匂《にお》いが、ただでさえ食欲のないあたしの箸《はし》の動きを鈍らせた。

「いや、いいです」

あたしは固まりになったご飯の上から視線を動かさずに言う。へっ、と吐き捨てるような笑い声が聞こえる。

「遠慮しちゃってえ。いいもん持ってきてやったから。スペシャルスパイス」

そう言って、大野は弁当の横にジャムの瓶をどん、と置いた。白く濁った液体が入っている。あたしはすぐに視線をご飯に戻した。

「何だと思う？」

嘲《あざけ》るような声がする。別の女子がはやすように言う。

「わかるわきゃねえし。こいつ処女丸出しだから」

あたしは視線を動かさずに、ご飯の固まりを割り箸の先でつまんだ。と、その上に、たらりと液体が垂れるのが見えた。大野がふたを外した瓶をさかさまにして、弁当の上に中身をふりかけている。

「食ってみ。超うんめえから」

液体がご飯の上をとろりと這うのを、あたしは息を殺してみつめる。五秒後、目をぎゅっとつぶってそれを口に放りこんだ。

「ケイタでしょ、ヨシキでしょ、ジュンヤでしょ。えーとそれからケイゴも。一週間かけて集めたんだからね。あんたのために」

四人の男の精液《ザーメン》。

きゃははは っ、と笑い声が上がる。あたしは口の中に溜《た》めていたご飯を、いきなり吐き出した。全員の笑い声が、悲鳴に変わる。

「ひゃあっ、きったねえ！　いきなりゲロったこいつ！」

「食えよオラ、ザーメンミックス丼《どん》！　うちが体張って収集してきたっつーの！　食えねえのかよッ！」

大野はプラスチックの弁当箱を取り上げると、床に叩《たた》きつけた。ベシャッと音を立ててご飯が飛び散る。みんな手を叩いて大喜びだ。笑いすぎで涙目になりながら、大野が言った。

「あんたさあ。オトコの体液って、そんなに酸っぺーと思うわけ？」

あたしは顔を上げずに、手の甲で口を拭《ぬぐ》った。

「ばーか。それ、フレンチドレッシングだし」

そう言うと、勝ち誇ったように笑い声を立てた。

「さっさと誰かにやられちまえば？　したら、オトコの体液の味くらいわかるべ？」

学校の帰り道、うちの近所のコンビニに寄る。

反射的に弁当コーナーを避ける。たぶん、二度とシャケ弁は食べられない。これからは、ポテチとポッキーとコーラだけ食べて、誰にも会わずに生きていくんだあたしは。

いや、別に死んだっていい。

どうせ、誰にも気づいてもらえないんだから。

あたしはあたしを捨てることにした。最低限の食料を持って、あたしの聖域に籠《ろう》城《じょう》することに決めたのだ。押入れの中にこもって、もう二度と出ていかない。

頭の中には、「夭折《ようせつ》の天才マンガ家・瀬川真央《まお》　遺作」の構想があった。タイトルは「交合精」。

天界から腐敗した地球に下り立った超美形の男子妖精《ようせい》、イノシス。女子は一人残らず夢中になるが、イノシスとセックスすると体が腐って死んでしまう運命だった。イノシスはある女子高で凄惨《せいさん》ないじめにあっている女の子、マオに恋をする。彼女を助けるために、いじめチームの女子たちをかたっぱしから強姦《ごうかん》する。女子たちは妖精の虹《にじ》色に輝く精液にまみれながら、歓喜のうちにどろどろに腐って死んでいく。

マンガのネームが頭の中に湧《わ》いては消える。

マオ。君こそが私の抱きたかった女の子。けれど私と交われば、君も腐ってしまうんだ。

イノシス。それならば代わりに、大野正美をあなたのいけにえにして。どんなふうに姦《や》ってもいいから。ひといきに腐らせて、潰《つぶ》してしまって。

デザートの並ぶショーケース前に立ち尽くす。きれいに揃《そろ》ったシュークリームのひとつを手に取ると、カウンターに背中を向けて、両手に挟んでゆっくりと潰す。それからこっそり、元通りの場所に戻す。

大野を潰して。こんなふうに。

頭の中で、イノシスに命令する。彼はあたしに夢中だから、どんな汚れた仕事も引き受けてくれるのだ。

菓子袋と二リットルのコーラのペットボトルをカウンターに置いて、下を向いたまま、ポケットから皺《しわ》くちゃの五千円札を出す。今朝、台所のテーブルの上に置いてあった。「三日分のしょくひ」とミミズがのたうち回ったような字の、メモと一緒に。

母は、また酔っ払って明け方に帰ってきたのだ。店のお客と、朝までカラオケコースだったんだろう。

「五千円からお預かりいたします」

マニュアルどおりの、けれど歌うような声がして、皺くちゃのお札を素早くつかんだ手が、ぴたりと止まった。

「あれ？　真央ちゃん？」

名前を呼ばれて顔を上げた。

カウンターの向こうに立っている女の子。知らない子だ。

真っ黒で長い髪をするんと無造作に束ねて、マスカラもグロスもつけてないすっぴんの顔。だけどほっぺたは、てらてらした蛍光灯の光を弾くくらいつややかで、うっすらピンク色に染まっている。小さな水溜《みずたま》りのような目が、瞬《またた》きながらこっちを見ている。その視線から逃げるように、あたしは顔をそらした。

「流花《るか》だよ。小四のとき、一緒だった……覚えてない？」

あたしはもう一度、その子を見た。体じゅうの血が、どんどん顔に集まってくるのがわかる。真っ赤になった自分の顔を意識しながら、あたしはようやく返した。

「え？　流花ちゃん？　なんで？」

「わーなつかしい。信じられない。あのさ、あたしね……あ、ちょっと待って。あとで話すから。いらっしゃいませ、どうぞ」

小学四年生のとき、同じクラスだった佐々木《ささき》流花。いちばん、仲のよかった女の子だ。放課後、ほとんど毎日、お互いの家を行き来し合った。最初は、流花のママの手作りおやつに魅《ひ》かれて彼女の部屋へ。最後は、誰にも邪魔されないあたしの部屋へ。

五年生になる春、どこかへ引っ越してしまって、それっきり。

流花がいなくなって、どれほど泣いたか。スマホもメールもなかったあのころ、せつない思いを伝える術《すべ》がなかった。

その流花が、ピンクとえんじのツートンカラーの制服を着て、うちの近所のコンビニでレジを打ってる。しかも、一瞬で目を奪われるほどきれいな女の子に成長して。

信じられない。

三つの意味で、信じられなかった。

流花がびっくりするくらい、きれいになってたこと。こんなふうに最低にオチてるとき、死んじゃってもいいんだ、と自分を捨てた日に、突然あたしの目の前に現れたこと。

そしてあたしのことを覚えていて、みつけてくれたこと。

破裂するんじゃないかっていうくらい、心臓が、ぎくんぎくんと高鳴った。

流花の休憩時間に合わせて、あたしはコンビニに戻ってきた。店の裏口にある段差にあたしたちは並んで座った。

「うちの両親、いま別居してるんだ。離婚も、時間の問題」

缶コーヒーのプルトップを開けながら、流花はすぐに告白を始めた。

「父親の会社が倒産してね。借金もいっぱいしちゃったみたいで。まあ、ママは結構お嬢様だったから、そういうの耐えられなかったっぽくて。あたしはママサイドについたんだけど、仕事とかしたことない人だから」

自分の学費くらい稼ごうと思って、と笑った。都内の公立高校に通いながら、ありったけの時間をぜんぶ、この店で働くことに費やしている。

流花と流花の母親は、コンビニのほど近く、つまりあたしの家の隣町に小さな部屋を借りたという。

「あたしも、いまこの辺に住んでるんだよ」

あたしの言葉に、流花は「うわっ、信じられない」とまた言った。

「じゃあまた、友だち復活だね。超嬉《ちょううれ》しいんだけど。ねえ、真央ちゃんちにこんど遊びにいってもいい？」

流花は、子供同士でするように、しゃがんで膝《ひざ》を抱えたまま、あたしの顔を真横からひょこっと覗《のぞ》きこんだ。

すぐ近くに流花の顔が迫る。いまさっき飲み干したコーヒーの匂いがする。ぷっくり膨《ふく》らんだ唇《くちびる》の右下の、小さなほくろ。顔立ちは少し大人びていたけれど、笑うときにきゅっと両端が持ち上がる口もとには、まだ幼さが残っている。胸のずっと奥のほうが、きゅんとなる。

「あたしのこと、なんですぐわかったの？」

ほっぺたがくっつきそうなほど接近されて、あたしは反射的に体をちょっと離した。流花はこっちを向いたまま、ふっとため息のような笑い声をもらすと、

「耳たぶの、ほくろ」

そう言った。あたしはまた反射的に、両方の耳たぶを指先でつまんだ。流花は、あはは、と声を上げて笑った。

「両方の耳たぶに、ピアスみたいなほくろ、あるじゃん？　なかなかいないよ、そんな人」

あたしは耳たぶをつまんだまま、じっとしていた。その耳に、流花が囁《ささや》きかけた。

「ねえ、また入れてくれる？『海の底』に」

最初は子供らしい遊び心だった、と思う。

小学四年生のとき、同じクラスになった流花を、あたしは自分のアパートにたびたび連れてきた。

「じゃあ、おばちゃん出かけるからね。暗くならないうちに帰りなよ、流花ちゃん」

テレビのある六畳間でゲームをして遊ぶあたしたちに、母はいつもそう声をかけて出ていった。駅前のバーに勤める母の出勤は夕方五時頃《ごろ》。あたしは夜更《よふ》けまで、ひとりぼっちで母の帰りを待つのだ。流花は六時には帰ってしまう。そのあとのあたしはどうにも寂しくて、きまって押入れにこもるのだった。

夏休みの夕暮れ、テレビゲームをしながら、流花がしきりにあくびをしていた。二十四時間テレビを見て、朝まで起きていたらしい。

「もうだめ。寝る」

と言って横になろうとしたので、

「じゃあ、あたしのほんとの部屋で寝る？」

そう誘ってみた。「海の底」に、流花を入れてみたい。とっさにそう思ったのだ。

部屋の電気を消して、押入れの上段にまずあたしが潜りこむ。流花はこわごわだったが、あたしに引っぱり上げられて入ってきた。ぴったりと襖《ふすま》を閉める。あたしたちは体を寄せ合ってくすくす笑った。真っ暗で湿っぽくて生温かい空気に包まれる。外敵から守られているような安堵《あんど》感を、流花も感じているようだった。

ちょっとした冒険気分で、流花は眠気も吹き飛んでしまったようだ。

「すごい、まっくら。ここどこ？」

流花の問いに、あたしは答える。

「海の底。ずうっと深く、沈んでるの」

「海の底？　泳いでるの？」

「漂ってるの。流花ちゃんは魚で、あたしはサメ。誰にも、みつかんないの」

闇の中で、流花の呼吸と、自分の心臓の音だけが聞こえる。流花の細い腕が、あたしの腕に絡みついてくる。いつのまにか、流花はほっぺたをあたしの顔にこすりつけていた。

「ねえ、真央ちゃん。キスしよ？」

「え？」

流花の口が、突然あたしの首筋に吸いついた。あたしは息を飲んだ。

口はそのまま、不思議な生き物のように首から顎《あご》へとひたひた移動する。そして、好物の食べ物にありついたように、あたしの口にぴったりと重なると、もぐもぐと蠢《うごめ》いた。熱くてやわらかい舌が、あたしの口を割って入ってくる。微《かす》かにいちごキャラメルの味がする。

「こういうの、だめでしょ。いけないんだから」

流花の口が息をつこうと離れた瞬間、あたしは言った。母があたしを叱《しか》るときの口癖を、真似してみたのだ。

「いけなくないよ。魚とサメだもん」

大きく息を吸いこむと、潜水するように、流花は息を止めてもう一度、あたしに覆い被さってきた。

「あたしたち、魚とサメなの？」

熱い息を吐いて、今度はあたしが聞くと、流花が「そう」と答える。

「あたしがサメで、真央ちゃんが魚。あたしに食べられちゃうの。服も全部、水に流されちゃうの。ほら、こうして。ほら、ほら、ほら」

流花の指が器用に動いて、あたしのキャミと、スカートと、下着を順番にむしり取る。あたしはどうしようもなく、されるがままになっている。流花の、骨だらけのすべっこい体。体勢を変えるたびに、膝小僧や、腰骨や、かかとがこつんこつんとぶつかり合う。真っ暗闇の中で、あたしたちはいま、どんな格好をしているんだろう。想像もつかなかった。だけど、流花の小さな口があたしの体中を這い回り、ケガをした獣が傷口を舐《な》めるように、あたしのあちこちを尖《とが》った舌がけんめいに舐めていた。

また、一緒に潜ろうね。海の底。

押入れから這い出して、服をつけ、帰り際に流花がそう言った。水に放たれた魚さながら、きっぱりと振り向かずに、夜の中へと泳ぎ帰っていった。

七年ぶりに再会した翌週、金曜日の夜。あたしの部屋に流花がやってきた。

「土曜バイトないから遊びにいっていい？」とメールがきたが、丸一日迷って、「金曜ならいいよ」と返信した。

土日は母がいる。あたしは、流花とふたりきりになりたかった。

「はいこれ、おみやげ。売れ残りだけど」

流花はシュークリームの入った袋を差し出した。再会の日、流花の店のシュークリームを潰してしまったことを思い出して、うしろめたい気分になる。

あたしたちはつけっぱなしのテレビを見るともなく眺めながら、ぽつりぽつりと会話をした。小学校のときから、流花は明るくてハキハキした性格だった。加えて可愛い。友だちも先生も、みんな流花を特別扱いしていた。男の子たちは「流花ちゃんが好き」と、恥ずかしがりもしないで次々告白する。女の子は争って流花と遊ぼうとした。それなのに、流花はなぜかあたしのことを気に入っていた。

どうしてだろう。昔もいまも、暗くて後ろ向きで、なんのとりえもないあたしなのに。

「ねえ真央ちゃん。いまもマンガ、描いてるの？」

あたしは、ああ、と照れ笑いになる。

「覚えてたんだ。ヘンテコなマンガ描いてたよね、あたし」

「いっつもあたしを主人公にしてくれたじゃん？　すごいイケメンがいっぱい出てきてさあ。あたしモテモテの女子高生の役で、もうサイコー楽しかった」

当時のあたしは、テストの答案用紙の裏でも、カレンダーの裏でも、白い紙があればすぐにマンガを描き始めた。主人公はいつも、流花をモデルにした「るかちゃん」。最初はたわいない学園マンガを描いていたが、ふたりで「海の底」に潜るようになってから、ほんとうにヘンテコなものを描いていた。裸の女の子と魚が、体をぴったりくっつけて愛し合ううちに、人魚になってしまう。そんなストーリーだった。

あのマンガを思い出されたくなくて、あたしは別の話題を考えようとした。ところが、流花のほうが先に話題を変えてきた。

「真央ちゃんさあ。彼氏とか、いんの？」

あたしはすぐに首を横に振った。

「ふうん、なんでだろ。こんなにカワイイのに？」

意外な言葉に、あたしは自分でも滑稽《こっけい》なほど焦《あせ》った。

「なわきゃないじゃん。だあれも、見向きもしないしあたしなんて。それよか、流花ちゃんのが超きれいだし」

流花は、あたしの顔を無心にみつめている。小さな水溜りみたいな瞳《ひとみ》が、ちらちら揺れている。

「ほんと？　あたし、きれい？」

立て続けに二回、あたしはうなずいた。急に目を合わせられなくなってうつむく。視線の先に、テーブルに身を乗り出している流花の腕が見える。むき出しの二の腕に、ぷつんと虫にさされたあとが目に入った。

赤く小さく、微かに盛り上がる円。流花の肌がどんなに白いか、やわらかいか。虫さされのあとをみつめるうちに、あたしは深海魚になってむさぼった流花の無垢《むく》な体を思い出していた。

「あたしもいないよ。彼氏なんて」

ため息まじりに、流花が言った。その声は少しかすれて、あたしの耳をぞくっとさせる。

「だって、あれから……あたし、男、だめになっちゃったんだもん」

あたしは顔を上げられなかった。流花の手が、ゆっくりとテーブルの上を、こっちへ這ってくる。

「ねえ真央ちゃん。また連れてってくれない？」

海の底へ。

「瀬川さあ。あんた、オンナとつきあってるっしょ？」

昼食の時間、例によってあたしの周りを大野チームが囲んだ。あたしの隣の机に、太腿の薔薇のタトゥーをむき出しにして座ると、「こいつレズだし」といきなり大野が言った。あたしは黙って、サンドイッチを齧《かじ》っていた。ふん、と鼻で笑って、大野が続ける。

「ばっくれたって無駄だし。あんたの彼女、T町三丁目のコンビニでバイト中っしょ？」

ぎくり、とする。その気配に敏感に気づいて、きゃはは、と黄色い笑い声を上げる。

「あたしの元カレの友だちが、あんたの彼女に片思い中なわけよ。お断りされたんだと。『オトコ嫌いだし』って」

別の女子が追いかけるように言う。

「センター街、手ェつないで歩いてたっしょ？　キモ！　超キモいんだけど！」

全員、またしても手を叩いて大喜びだ。あたしは口の中に溜めていたサンドイッチを、べっと吐き出した。大野の太腿、薔薇のタトゥーの上を、ぐちゃぐちゃに嚙《か》んだパンの固まりがねっとりと伝う。うわっと叫んで、大野はとっさに手で払いのけた。

「きったねえ！　こいつまたゲロったし！」

あたしは立ち上がった。弾《はず》みで、椅子《いす》ががたんと真後ろに倒れた。

「てめぇ、おしおきしてやっからな！　てめぇじゃなくて、オンナのほうを！」

大野たちの罵倒《ばとう》を背中で聞きながら、夢中で廊下を駆け抜け、外へ飛び出した。

どうしよう。

大野に、バレた。

おしおきするって、誰を？

流花を？

走っても走っても、足が絡んでちっとも前に進まない。悪い夢の中にいるような気がしてきた。


大野の言う通りだった。あたしと流花は二匹の深海魚になっていた。

あたしたちはあれから、時間の許す限り一緒に過ごすようになった。そして、あたしの部屋の押入れの中にこもった。カーテンを閉めて、電気を消して、服を脱いで。

成長した流花の体。やっぱり骨っぽかったけど、腕も、胸も、腰も、腿も、とろけるような薄くてつややかな肌をまとっていた。あたしは押入れの中で見続けた淫靡な夢の通りに、下半身を流花の下半身にぶつけた。何度も何度も。流花は、ああ、ああ、と泣いているような苦しんでいるような声を出した。でも気持ちがいいんだ、とわかっていた。だってあたしも気持ちがよかったんだもの。どうかしてしまうほど、このまま死んでしまうんじゃないかっていうほど、気持ちがよかった。流花の芯とあたしの芯は、どっちも同じくらいとろとろに溶けていた。あたしたちは、いつまでも飽きずに、お互いの芯を味わった。

ねえ真央ちゃん。あたしたちこのまま、深海魚になって暮らそうよ。

肌と肌をじっとりとくっつけながら、流花が言う。

あたしもう、うちへ帰りたくない。

ママ、おかしくなって入院しちゃったの。だからあたし、ひとりぼっちだし。

パパだって、ヘンなんだ。

パパ、あたしに土下座《どげざ》して言うの。パパを助けてくれって。借金で、もうどうにもならない、死ぬしかないんだ、なんて。

あたしに何ができるっていうの？　パパが借金してるアブないおじさんの愛人になること？　パパ活するとかデリヘル嬢になるとかして、稼げっていうわけ？

ねえ真央ちゃん。あたしがそんなふうになってもいい？

あたしがお金で男の言いなりになっても？

それとも、助けにきてくれる？　妖精イノシスになって。


走りながら、大野がけしかけた野獣のような男が追いかけてくる気がした。あたしは一度も振り返らずに、流花の働くコンビニに駆けこんだ。

流花は、まだ店に出ていなかった。

店の前にしゃがんで、大きく肩で息をつく。それから何時間も、同じ場所から一ミリも動かずに、あたしは流花を待った。

店の前にいる　すぐ来て

ＬＩＮＥを何度も送ったけれど、返事がない。流花は、なかなか現れなかった。

あたしは不安で押しつぶされそうになった。

どのくらい時間が経っただろう。ポケットの中で、ＳＮＳの着信音がした。急いでスマホを取り出して、メッセージをチェックする。

心臓が止まりそうになる。大野からだった。

ささきるか　強姦完了　by　元カレのダチ　ごちそーさま　笑

あたしは吸いこまれるように、画面をみつめ続けた。

カチカチカチ、と歯が鳴るほど震える。あたしは奥歯を必死に噛んだ。突然、画面がぱっと明るくなる。またメッセージがきた。ぴちぴちとはねる小魚のような指先で、恐る恐る、開けてみる。

せがわまお　近々強姦予定　by　元カレ　野獣系　笑笑

あたしはそれっきり、押入れにこもった。

母が帰ってきて、あたしを探している。ようやく押入れの襖を開けて、あたしが丸まっているのをみつけると、面白そうに笑い出した。

「なによあんた、かくれんぼやってんの？」

あたしは無言のままで、内側からぴしゃりと襖を閉めた。母はすぐにまた開けようとしたが、あたしは両手両足を襖にかけて、開けるのを許さなかった。

「まあいいわ。好きにしなさい」

心底呆《あき》れた声がした。

朝、トイレに出て、また押入れに戻った。母は眠りこけていた。スマホは大野のメッセージを最後に、電源を切ったままだった。

薄っぺらな毛布にしがみつく。あたしの体臭と流花の体臭が混ざり合ったあたたかな羊膜に絡まりながら、どんなふうにして流花は、と想像する。

どんなふうにして、穢《けが》されたのか。

いつもとろとろと蜜《みつ》を出してあたしを誘う流花の中心部。さっくりとやわらかく割《さ》けて、あたしの指を、舌を吸いこむ。あのよく熟《う》れた桃のような陰部に、どんなふうに男の体の一部分が突き刺さったのか。

「いやだ。やめて」

真っ暗な小箱の中で、あたしは声に出して呟《つぶや》いた。狂ってしまいそうだった。

二度と縫合できない流花の傷口に、男の体液が注がれる。

海面を漂う、汚れて腐った深海魚の体。


「真央。真央ったら、いつまで入ってんの。そういうの、だめでしょ。いけないんだから」

がたん、と襖が思い切り開いて、次の瞬間、体がどさりと投げ出された。背中に激痛が走る。気がつくと、押入れの外に引きずり出されていた。

長いこと、眠っていた。

深い海の底からいきなり浮かび上がったように、あたしは目をぱちぱちさせて頭を振った。目の前に、母が正座している。よれた厚化粧の、怖い顔だ。

「あんたの友だちだって女の子が、心配してうちの店まで来たわよ。ＬＩＮＥも繋《つな》がらないし、ここへ来ても反応ないから、って。名前も言わないで帰ったけど。なんだか、気味の悪い子」

どきりとした。

大野が追いかけてきた？　それとも……。

「ほら、手紙。その子が、渡してくれって」

目の前に、小さな封筒が差し出された。魚のキャラクターがついている、水色の封筒。

四つ折の便箋《びんせん》を開くと、隣町の地図が描いてある。流花のアパートの地図だ。

その横に、小さな四つの文字が、消え入りそうに並んでいる。

あいたい

あたしはむりやり体を起こした。よろめきながら立ち上がると、玄関に向かった。

「ちょっと、どこ行くの。もう夜中の一時だよ。そういうの、だめでしょ」

母の金きり声が追いかけてくる。あたしは無言でスニーカーを履《は》いて、振り向きもせず、無我夢中で夜の空気の中を泳いでいった。

あいたい。

あいたい、会いたい。あたしだって。

流花。

夢中で走りながら、頬《ほお》が生ぬるく濡《ぬ》れるのを感じる。涙がぽろぽろと流れて落ちる。

もしもこのまま、流花に会ったら。あたしはきっと、あの子をさらって逃げる。流花とどこまでも、逃げていく。

あの子とあたしを、誰にも穢させたりしない。

待ってて、流花。いま、行くから。

いますぐに。

古ぼけて錆《さ》びついた水色のドアが、ぎい……と軋《きし》みながら開く。

色のない流花の顔が、風の吹きぬけるアパートの廊下の蛍光灯に照らされて浮かび上がる。

「真央ちゃん……来てくれたんだ」

か細い声で、流花が言う。あたしは、声をなくして突っ立っていた。

「入って。誰も、いないから」

流花はあたしに背を向けて、部屋の中へ戻っていった。何故《なぜ》だろう、強いためらいがあたしの足を強《こわ》ばらせた。入ってはいけないような気がしたのだ。

　誰かが、いる。

けれどあたしは、思い切って足を踏み入れた。とたんに、強烈な汚臭が鼻を突く。あたしは思わず咳《せ》き込んだ。

「ああ、ごめん。あたし家事とか、いままでやったことがなくて……ここへ来てから、一回も片付けてないんだ」

　部屋は真っ暗だった。床の上は、何かでいっぱいに埋まっている。大きなゴミ袋のようなものにつまずいた。電気をつけようと、スイッチを探して、無意識に壁伝いに手を這わせる。

「スイッチなんか探しても無駄だよ。この部屋には電気ないから」

　ぎょっとして、その場に立ち竦《すく》んだ。こんな暗闇の中で、流花にはすべてが見えているようだった。

「そこらへんに、座って」

流花に促されるままに、あたしは大きなゴミ袋のようなものの横に座った。ごつん、と膝に何かがあたる。まるで誰かと膝と膝を、ぶつけ合ったみたいに。

「きのう、真央ちゃんちに行ったんだけど。知ってた？」

暗闇の中で、あたしは首を横に振った。ふふ、と囁くような笑い声がする。

「いたんでしょ。『海の底』に」

今度はうなずいて見せた。向かい合う流花もうなずくのが、仄《ほの》かに見える気がした。

「あたし、真央ちゃんのママのとこにも行ったんだよ。『会いたいんです』って、つい泣きじゃくっちゃって。白い目で見られちゃった」

ふっと笑う流花の顔が、突然見えた。白い手首が、月光に腹を光らせる魚のように、ちらりと浮かび上がる。次の瞬間、手の甲に冷たいものが触れた。思わず、ひっと喉《のど》を引きつらせる。流花の手が、あたしの手に重なったのだ。

「あたしと真央ちゃんを邪魔するやつは、全員、『海の底』だよ」

とろり、と滑らかで生温かい感触が、流花の手からあたしの手の甲へと、伝わって落ちる。暗闇に慣れ始めたあたしの目が、しっかりと結び合ったふたつの手をとらえた。

流花の手が、べったりと濡れている。闇の中で、いっそう真っ黒に。いや、真っ赤に。あたしの知らない、ぬるく、冷たく、残酷な感触。

「ねえ、真央ちゃん。ここがあたしの『海の底』。そこに深海魚がいっぴき沈んでるの、見える？」

流花の白い顔、笑った顔、吊《つ》り上がった口もとが目の前にある。あたしはじっと目を凝《こ》らす。息を詰めたまま、横を、下を向く。

ぼうっと浮かび上がる、うずくまったままで動かないひとがた。

あたしの膝にぶつかっているのは、人間の膝。

真っ白で平らかな、太腿。そこに浮かび上がる、一輪の薔薇のタトゥー。

呼吸を止めてしまった深海魚。

「ちょっと待っててね。手、洗ってくる。じゃなきゃ、真央ちゃんの服も血で汚しちゃうから……脱がせるときに」

水溜りのような瞳が、妖《あや》しく光る。ゆっくりと、ほの白く、流花が立ち上がる。

「それとも今日は、自分で脱いでくれる?」

あたしの膝が、かたかたかたかた、と笑っている。

淫靡な夢の続きを見るように、真っ暗な水の底へと、あたしは静かに沈んでいく。

楽園の破片　A Piece of Paradise

ニューヨーク、ペン・ステーション十時三分発ボストン行きのアムトラックは、時々あることなのだが、予定通りには出発しなかった。

予約していた急行に乗り遅れてしまったので、次の急行を逃すわけにはいかない。私は地下鉄のコンコースからエスカレーターを一気に駆け上がり、ホームめがけて全力疾走した。が、線路には車両の影も形もない。肩で大きく息をつくと、近くを通りかかった駅員を捕まえて尋ねる。

「十時三分発の急行は？　もう出ちゃったの？」

駅員はユニフォームの袖《そで》をぐっと引っ張り上げて腕時計を見ると、「まだ十時二分です。電車の到着が遅れてるんですよ」と答えた。

「どうしたっていうの？　事故？　スト？　テロ？」

黒人の駅員は、丸い目を見開いて笑った。

「霧《きり》ですよ、マダム。フィラデルフィア近郊で濃霧が発生してるんです。十五分遅れで出発しますよ、もう少しお待ちください」

さっさと行ってしまった。私はもう一度肩で息をつくと、いつもアムトラックに乗り込む前に買っているシナモン・シュガー・クリスピー・クリーム・ドーナツに向かう。けれど、プラスチックのおもちゃのようにずらりと並んだドーナツを見たとたん、気分が悪くなってしまった。踵《きびす》を返して、ジュース・バーに向かう。ハニーレモンのジュースを手にすると、待合室に到着するまでに全部飲み干した。

十時十八分に出発したら、ボストン・サウス・ステーションに着くのは午後二時前になる。そこから美術館までタクシーで十五分。入り口から館内の講演会場まで走って五分。講演開始の二時には間に合いそうにない。

私はボストン美術館の講演会事務局に電話をした。

「今日の講演会のスピーカー、ジャパン・ソサエティの高木《たかぎ》響子《きょうこ》です。電車が遅れていて、ぎりぎりになりそうなんですが」

「どの講演会でしょうか？　本日は三つ予定されています。『衝立《ついたて》の向こう側――十六世紀中国家具の美』、『エジプトの秘宝―ミイラの美術的価値』、『楽園の破片―伊藤《いとう》若冲《じゃくちゅう》とゴーギャンに見る十八―十九世紀の楽園回帰』……」

「それです。『楽園の破片《ア・ピース・オブ・パラダイス》』」

しばらく間があった。コンピュータで講演内容を確認しているのだろう。若い女性スタッフは、いかにも困った、という声を出した。

「講演開始は午後二時ですが、どのくらい遅れそうですか、ドクター・タカギ？」

出席者リストの私の名前にPh.D《博士号》がついているのをみつけたらしい彼女は、そう呼びかけた。

「もし五分待っても私が現れなかったら、気にせず始めてください。スピーカーはもうひとりいることですし。ニュー・ヘイヴン辺りの霧で道に迷ったようだ、とマイクを通して言うように、司会のアーノルド・アーチャーに伝えておいていただけますか」

女性の声が、少し笑って応《こた》える。

「わかりました。伝えます」

切りかけて、「あ、ちょっと待って」と私は相手を引き止めた。

「チケットは完売ですか？」

にこやかな声が返ってくる。

「ええ、完売です。いいテーマですからね」

「そう。ありがとう。急いで行くわ」

電車の到着を知らせるアナウンスが流れた。私は電話を切って、足早にホームへ向かった。

車両のドア近くの座席に陣取ると、テーブルの上に今日の講演の資料をどさりと載《の》せた。それなりに下調べもしたし、原稿も作ったのだが、スムーズに喋《しゃべ》れる自信はなかった。

どのみち、ボストン美術館の講演会場《オーディトリアム》を埋め尽くす聴衆は、私の話を聞きにやってくるわけじゃないのだから、そう気合を入れて講義をぶつ必要もないだろう。プロジエクターで映し出された伊藤若冲の絵が長沢蘆雪《ながさわろせつ》にすり替わっていたとしても、誰も気づかないかもしれない。

ボストン市民は、私ではなく、もうひとりのスピーカー、レイ・オークウッドの話を聞きにやってくるのだ。

ハーバード大学院教授、ポスト印象派研究の第一人者。専門はゴーギャンとポン・タヴェン派の画家。ボストン美術館学芸部の顧問も務める。彼が書く本は分厚くて小難しい学術書なのに、東海岸のブックストアでは、売り出せば必ずベストテン入りを果たす。柔らかな栗色の髪、深いとび色の瞳《ひとみ》。ユーモラスで、人懐《なつ》こくて、出会った人をたちまち虜《とりこ》にしてしまうレイ。ゼミの女学生にも、億万長者のコレクター夫人にも、等しく恋に似た気分を味わわせてしまう男。

イタリア美術史研究者の美しい妻を「こんなに人を愛したことはないってくらい愛している」と言って憚《はばか》らない。

そして、君のことは彼女と同じくらいか、ほんの少し余計に愛している。

そんなことを、私の耳元で囁《ささや》いた人。

二ヵ月前のことだ。私とレイが最後に会ったのは。

レイは先にすっかり裸になると、ブラウスを脱ぐのをためらう私に「いいんだよ。やっぱり僕は、君に指一本触れずにボストンへ帰るよ」と囁いた。

そのくせ、彼の体の中心は、別の生き物のようにそそり立っているのだった。

もうあなたとは会えない。そう言い出したのは私のほうだった。

レイと七年も付き合ううちに、私は四十三歳になってしまっていた。色々なタイムリミットが迫っていたのだ。私は一度も結婚というものを体験したことがなかった。もちろん出産も。日本にいる両親は年老いて、母は重い病気に冒されていた。母のためにも、自分のこれからの人生のためにも、決断しなければならない。レイと結婚するか、すっぱり別れて新たにパートナーを探すか。この一年は、その選択に苛《さいな》まれ続けた。

そしてとうとう、私は切り出した。

妻と別れて、私と結婚してほしい。さもなければ、別れるほかない、と。

その言葉を唇に載せながら、なんて交渉が下手《へた》なんだろう、と自分で思った。妻か私の二者択一にはまったく聞こえない。もう別れよう、と言っているに等しかった。

レイは、静かに私の申し出を受け止めた。答えは聞かなくても、わかっていた。

バーを出たのは夜半《やはん》近くだった。私たちは私のアパートまで無言で歩いた。いつもは食事のあとに、ぴったりと寄り添ってアパートまで談笑しながら帰ったものだ。これから始まるもっとも濃密な時間を前に、楽園の入り口までふたりで歩いていくような思いがした。

けれど、その夜は違っていた。エデンの園を追放されるアダムとイブのように、楽園の出口に向かって私たちは降下し始めていたのだ。

アパートの入り口の前で、私たちは向かい合った。

「じゃあ、ここで」

レイはじっと私をみつめた。とび色の瞳がきらめいて揺れるのを、街の灯が映りこんだ川面《かわも》を橋の上から眺《なが》めるように、私は見ていた。仕立てのいいウールのコートのポケットに突っ込んでいた右手を出すと、彼は私の右手を握った。底冷えする夜気のなかで、陽だまりのような温かさだった。微笑に唇をほんの少し歪《ゆが》めて、レイは私に背を向けた。

彼が通りの角を曲がりかけた瞬間、私はあふれ出すように叫んでいた。

「レイ。待って、お願い」

レイの後姿が、オレンジ色の街灯の下でぴたりと止まった。振り向いた彼は、眩《まぶ》しいものでも見るように、私に目を向けた。

自分から別れを切り出しておいて、私はレイに嘆願した。

もう一度だけ、抱いて。

怖かった。もう一度レイに触れられることを望みながら、それが深い傷となって、私のこの先の人生に残り続ける、とわかっていたから。それでも、求めずにはいられなかった。

初めて結ばれた夜と同じように、私たちは、上昇するエレベーターの中でぶつかるように抱擁《ほうよう》し合った。先に唇を求めたのは、私のほうだった。

そのくせ、部屋に入ると、私はいつまでもブラウスのボタンに指をかけられずにいた。やがて、レイがそっと手を伸ばして、ボタンを外し始めた。ひとつ……ふたつ。ピアニストのように繊細な指は、いままで何度私を天頂に導いたことだろう。ボタンを全部外し終えると、私はレイの手を取って、中指を口にくわえて強く吸った。

レイは、いつも以上に丁寧に、熱を込めて愛撫《あいぶ》してくれた。その感覚のすべてを記憶しようと、私の身体《からだ》は震え、喘《あえ》いだ。そして、付き合ってから初めてのことだったが、その夜、レイは私の中に射精した。

四十歳を超えた頃からは、抱かれるたびに、かつては水鳥の羽毛のように柔らかく汗を弾いていた肌や、彼の両肩に担ぎ上げられる引き締まった腿《もも》やふくらはぎが、次第に艶《つや》をなくしていくことを感じざるをえなかった。

妻はもちろんのこと、私よりもずっと若くて魅力的な女たちがレイの周辺にはたくさん存在している。私には自信がなかった。四十五歳になって捨てられたとしたら、次にどんな恋の選択が私にあるというのだろうか？　ニューヨークの日本美術研究所の研究員を務める中年女性。インテリ女とエキゾチズムに幻想を抱いている金持ちの年寄りくらいしか、興味を持ってくれそうにないじゃないか。

おそらくはほかの多くの女性同様、レイは私の理想の男だった。この世で出会い得るあらゆる男の中でもっとも理想的な男が、どうして既婚者でないはずがあるだろうか？　三十代のころは、そう自分に言い聞かせて納得するようにしていた。妻にもほかの女にも引けを取らないようにと、ファッションにもメイクにも気合を入れ、研究も人一倍して、積極的に論文も発表した。実際、その頃は声をかけてくる男もそれなりにいたのだ。けれど私には、レイ以外いなかった。

朝、自分でコーヒーを淹《い》れて飲み、カップに半分残したままで、レイは去っていった。

私はベッドの中で、ずっと眠ったふりをしていた。不思議なことに、ちっとも涙は出なかった。

昼、研究所のトイレに入ったとき、突然、腿の間をするすると細い蛇《へび》が滑り落ちた。ゆうべ、レイが私の胎内に放った精液だった。生ぬるい白濁した液を指で拭《ぬぐ》う。どれほど奥深く、この蛇は入り込んでいたのか。

性器を引き抜くことを思いつかないほどに、ゆうべ、レイは私の胎内に惹《ひ》きつけられていたのだ。

不思議な感情が湧《わ》き上がってきた。まるで、なにものかに勝利した瞬間、すばやく駆け抜ける興奮のような。

プロヴィデンス駅を過ぎた辺《あた》りで目を覚ますと、窓の外が霧ですっかり覆《おお》われている。

どうやら湾岸沿いに濃霧が発生しているらしい。白いもやが途切れたところどころで、木々が枝葉を揺らしている。その色は、緑というよりは黒に近かった。

いつもにくらべると、列車はかなり減速して走っているのがわかる。私はため息をついた。

これじゃ、到底間に合いそうもない。

携帯電話が鳴った。今日の講演会の司会者で、ボストン美術館の学芸員のアーノルド・アーチャーからだった。

「いまどの辺の霧の中で迷子なんだい、キョウコ？」

面白そうに聞いてきた。さっきの電話の彼女が、私のメッセージをちゃんと伝えてくれたようだ。

「プロヴィデンス付近よ。冗談じゃなくてほんとに霧なの。電車も減速して走ってる」

ああ、とアーノルドは嘆息した。

「嘘《うそ》だろ。もうすぐ講演会始まるってのに。楽園マニアの先生もお待ちかねだぞ」

十九世紀のフランスの画家たち、とくにゴーギャンは繰り返し熱帯や楽園をモチーフにしている。アーノルドはレイを揶揄《やゆ》するときに「楽園マニア」と呼ぶのだった。

今回の講演会を企画したのもアーノルドだった。彼はレイと私の共通の友人で、専門は「十九世紀西洋絵画にもたらした日本美術の影響」、つまりレイと私のそれぞれの専門に二股をかけている。私たちはニューヨークでもボストンでも、よく一緒に過ごした。それでいて、アーノルドはレイと私の関係にまったく気づいていないのだった。

ひと月前、アーノルドはいつもどおりの陽気な電話をかけてきて、重要な講演の依頼を申し入れた。来年、自分の企画でジャポニズムの展覧会を開催する。そのプレイベントとして講演会を開く。ついては、君とレイにパネルディスカッションをしてもらいたい。テーマは十八―十九世紀西洋美術・日本美術における「楽園」について。

私はすぐに断った。発想は面白いが、そもそも江戸時代の日本美術に楽園の概念などない。何よりレイと会うのは気が引ける。しかも、大聴衆を前に、ステージの上でなんて。

「君の専門の若冲を見てると、どうも『楽園』を意識していたような気がするんだが」

アーノルドがのんきに言うので、私は笑ってしまった。

「観る人が感じるだけでしょ。若冲が感じたわけじゃなくて」

「レイが言ってたんだよ。日本画にからめて『楽園』を語れるのは、アメリカ中でキヨウコ以外いない、って」

とっさに言葉を返せなかった。携帯を持つ手が、ほんの少し汗ばむ。

「そうね。ほんのかけら《ピース》くらいなら、話せるかも」

「ああ、それいいね。タイトルにいただくよ。『楽園の破片《ア・ピース・オブ・パラダイス》』」

そんな会話があって、いま、私はボストンに向かっているのだ。

「何分くらい遅れそうなんだ？　最大押して五分しか待てないよ」

電話の向こうでアーノルドが少しだけ苛立《いらだ》っているのがわかる。私はできるだけ落ち着いて返した。

「わからない。二、三十分くらいかな。あなたとレイなら場を繋《つな》ぐのなんてどうってことないだろうから、始めててもらっていいわよ」

「そういう問題じゃないんだ」

アーノルドは急に語気を強めた。

「ＭＦＡ《ボストン美術館》の理事も僕の展覧会のスポンサーも来てる。ちゃんと仕切れてない、って思われるのはまずいんだよ。君もジャパン・ソサエティ・ギャラリーで展覧会やったことあるならわかるだろ？　そりゃ、うちと君のところじゃ規模も内容も大違いだけど」

私は黙りこくった。アーノルドも黙っていたが、ようやく言葉を繋いだ。

「悪かった。言い過ぎたよ。とにかく、レイも待ってるから」

私はやはり何も言わなかった。困惑の空気が電話の向こうにあった。アーノルドは言葉を探しているようだったが、突然、言った。

「レイが、君に会いたがってるよ。一刻も早く」

一瞬、すうっと血の気が引いた。

アーノルドは、私たちのことを知っていたのだろうか。

再び、困惑の空気が、電話のあっちとこっちで重苦しく広がる。

私は深い息をついた。

「じゃあ伝えて。私も会いたい、って。一刻も早く」

アーノルドが何か返す前に、通話を切った。それから、ただ霧を眺めているだけなのに、吐き気がこみ上げてきた。

トイレへ駆け込むなり吐いた。レモンの繊維が混じった胃液が出ただけだった。

座席へ戻ると、お腹《なか》の上に両手を置いて撫《な》でてみた。こんな平らなお腹のなかに別の命が宿っているなんて、レイに言ったところで信じてもらえそうもない。

生理が遅れていた。体調もすぐれず、すぐに吐き気を催す。食事の好みも変わった。

あきらかに、私の身体に変化があった。

今朝、思い切って妊娠検査薬で調べてみたら、陽性反応だった。

私はトイレから出てくると、リビングのソファにぐったりと横たわった。

倦怠《けんたい》感に、全身が侵されていく。

四十三歳で、たった一回の射精で妊娠するなんて。ほとんど奇跡に近かった。きっとあの瞬間、レイが強く望んだのだ。私と同じくらい強く望んだから、こうなったのだ。

困惑は、次第に喜びにすり替わっていった。勝った、と思った。誰に、何に勝ったのかわからない。けれど私は、得体のしれない勝利に酔いしれた。ボストン行きの電車に乗り遅れるほどに。

私は片手でお腹を撫でながら、片手でバッグを探った。化粧ポーチが入っている。

その口を開けて、なかにティッシュでくるまれた長細い妊娠検査薬のスティックがあるのを確認すると、元通りにポーチの口を閉めた。

ほんとうに、会いたかったよ。

ステージから降りたら、レイは私を抱きしめ、右頬《ほお》にキスをして、きっとそう言うに違いない。アメリカでは、友人ならば、誰だってそうするのだから。

目の前にレイが現れたように、空中に視線を投げて、口の中で私は呟《つぶや》く。

ほんとうに、会いたかったわ。

レイ。あなたに、見せたいものがあるの。

頬に、唇に、微笑が広がっていく。私は再び、楽園の入り口に立ったのだ。

ボストン美術館の通用口に到着したのは、二時五分だった。

受付前のソファに座って待っていると、「ドクター・タカギ？」と聞き覚えのある女性の声がする。今朝、電話に出た女の子、ケイトだった。

「つい先ほど講演会が始まりました。どうぞこちらへ」

挨拶《あいさつ》もそこそこに、ケイトは早足に廊下を歩き出した。私も急いで彼女の後を追う。仕事でも何度も訪れたことがあるので、ボストン美術館の大体の地図は頭にある。が、初心者ならば目的の場所へ的確に直行することは不可能な広さだ。スタッフについていくに越したことはない。私たちは、一階にあるオーディトリアムを目指した。

そこに、レイがいるのだ。

ステージの上、スポットライトを浴びて、おそらくはすでにゴーギャンのスライドをスクリーンに映し出しながら、話し始めているはずだ。

ゴーギャンがタヒチに旅立ったのは十九世紀末、一八九一年のことです。すでにその時、彼の心は熱帯に、言い換えれば楽園に支配されていた……

急に思い出した。初めてレイを見たのは、この美術館、同じオーディトリアムだった。彼はすでにハーバードの教授で、本を何冊も出しているアート界の著名人だった。あの時も、眩しいステージの上で、彼はゴーギャンの描いた楽園をスクリーンに映し出し、熱っぽく語っていたのだ。

幼少時をペルーで過ごしたゴーギャンにとって、豊かな光と花々と果物《くだもの》があふれ、健康な人々が笑いながら住む楽園とは、空想の産物ではなかったのです。それは現実に存在するものであり、その気になれば手が届く位置にあった。描くために、どうしても行かなければならない場所だったのです。

いくつかのギャラリーを通り過ぎながら、次第に息切れがしてきた。緊張と期待が、不安と喜びが、制御できないほどに膨れ上がる。知らないうちにお腹の上に片手を置いて、私は前のめりになりながら進んでいた。

「ごめんなさい。ちょっとトイレに行きたいので……この先は、もうひとりでもわかるわ」

何歩か先を歩いていたケイトが振り向いた。

「顔色が悪いわ。大丈夫ですか」

「ええ、大丈夫。オーディトリアムは、ミュージアムショップの向かい側よね」

「そうですが……お待ちしてますから一緒に行きましょう」

「それよりも先に行って、アーノルドにメモを渡してくださる？『五分以内にキョウコが到着する』って」

ケイトはうなずいて、ギャラリー内をまっすぐに突っ切っていった。

ねじれるような痛みを腹部に感じる。私はゆっくりと、かばうように、一番近くにあるトイレを探して、ギャラリーの反対側へ歩いていく。ドアのひとつ向こうは、ポスト印象派のギャラリーだ。

広々としたギャラリーは、来館者で賑《にぎ》わっていた。小学生の一群が、ギャラリーの片隅で膝《ひざ》を抱えて座り込み、先生が説明するのにじっと耳を傾けている。先生から、質問が飛んだ。

「みなさんのなかで、このゴーギャンの作品の題名に、答えられる人はいますか？」

私は立ちどまって、振り向いた。

壁いっぱいに広がる横長の絵。中心に、両腕を掲げてすっと立つ裸体の人物像が見える。その周辺には人物が群れている。ある者はくつろぎ、ある者は談笑し、またある者は誘惑するようにこちら側へ視線を投げている。陽《ひ》の昇る前だろうか、青い大気にはしんとした静けさがある。弾けるような生の喜びがあるわけではない。ただ、淡々とした日々の営みがある。


　私たちはどこから来たのか？

　私たちは何者なのか？

　私たちはどこへ行くのか？

私はボストンに生まれ育ち、少年の頃からこの作品に親しんで、いつのまにか絵ではなく、題名のほうを強く記憶してしまいました。そして、やはりいつのまにか、それは私自身の問いとなったのです。


　小学生のグループの何人かが手を挙げる。先生がひとりを指すと、その少年は立ち上がって言った。

「ぼくたちは入り口から入ってきて、ぼくたちはいま絵を見ている小学生で、ぼくたちは出口から帰ります」

　どっと笑い声が上がる。先生も、そばを通りかかった老夫婦も笑っている。強いめまいを覚えて、私はそのまま前屈《まえかが》みにしゃがみ込んだ。

私はタヒチに行き、そこで生涯を終えたいと思っている。

タヒチに発《た》つ前、ゴーギャンはそんなふうに画家ルドンに手紙を送っています。にもかかわらず、彼には永住する気はなかった。

なぜか。

楽園だったからです。タヒチがゴーギャンにとって、圧倒的な楽園だったからです。対極にある現実があってこそ、楽園は楽園たりうるのです。現実と楽園を行き来する危うい ボートに、ゴーギャンはカンヴァスと筆とイーゼルとを持ち込んだ。彼は楽園に安住できなかったのです。だからこそ、この作品を描いた。私はこの作品を見ると、ゴーギャンは楽園に浸って堪能《たんのう》するというよりは、エデンの園を侵してしまった部外者としての自らの罪を贖《あがな》うために、これを表したのではないかと思えてならないのです。

合わさった腿の内側に、生ぬるい感触を覚える。私の視界は、今朝、車窓から眺め続けた濃霧のように、白くかすんでいく。床の上に、真っ赤な花畑が広がる。

私の耳には、私の名前を呼ぶケイトの声と、レイが話し続ける声が、交錯して響いている。


結局、私たちは誰もが、楽園とは決して手に入れられないものであるとあきらめている。

そして、楽園に似たもの、あるいはその破片を生涯大切にして、憧《あこが》れ続ける運命なのです。

エデンの園で林檎《りんご》を口にして以来、私たちは臆病《おくびょう》な生き物になりました。

私たちはどこから来たのか？

私たちは何者なのか？

私たちはどこへ行くのか？

そう自分自身に問い続けなければ、生きてはいけないほどに。


私は目を閉じた。

白濁する意識のなかで、ゆっくりと、音もなく、楽園のドアが閉まるのが見えた。

指　Touch

電車のシートに並んで座りながら、彼と私は、ずっと手を握り合っていた。

五月、車窓の向こうにはのどかな田園風景が広がっている。植えたてのか細い稲の黄緑が、そよそよと風に揺れている。背中に柔らかい日差しが降り注ぎ、ことんことん、と電車のリズムに、彼は眠気を誘われているようだ。

私のほうは、ちっとも眠くなかった。彼の手を、ときおりぎゅっと握ったり、ゆらゆら揺らしてみる。反応がない。

彼の、横顔。陽射しが二重顎の皺《しわ》をくっきり浮かび上がらせる。きちんと整えた髪に、まばらに見える白髪《しらが》。軽く目を閉じている、その目もとに寄った、小さな皺。

結び合う手と手、彼の指。かさかさに乾いた、硬い指の腹。

短い指は、私をいらいらさせる。いつだって、私の望んでいるようには動かない。

男って、指なり舌なりで、とにかく芯を掻き回せば女は気持ちよがる、と思っているんだろうか。少なくとも、私がいままでつきあってきた男たちはそうだった。性器でなくたって、耳たぶでも乳首でも足の指でも、先っぽこそ大切に、ていねいに扱ってほしいのに。できるだけ野蛮に、乱暴にされることを女は望んでいる、と彼らは全員、誤解しているようだった。

気持ちのいいふりをする、女のほうにも問題はあるんだろうけど。

横顔に、疲れが滲《にじ》んでいる。ゆうべ、講義を終えてから、最終の新幹線で京都まで来た。木屋町《きやまち》で飲んで、駅近くのホテルに泊まった。

セックスは、寝る前に軽く一回だけ。イッたふりをした。

短い指の短い愛撫に、ちっとも満足しなかったのに。

彼が疲れているのを感じて、もっと求めたい気持ちにどうにかふたをした。

室生口大野《むろうぐちおおの》、とアナウンスが聞こえる。私は彼の肩に、自分の肩をぶつけて囁《ささや》く。

「ねえ、着いたよ。起きて」

ああ、と彼は目を瞬《またた》かせる。

「なんだ。寝ちゃってたな」

「疲れてるんじゃない？　学会で発表近いから、ここのところ毎日論文書いてるでしょ」

ちょっと嫌味を言ってみる。

「だからゆうべも、一回だけだったし」

ふっと、口もとに笑みが浮かぶ。

「まあ、年だからね」

「年じゃないよ。まだ四十八歳でしょ。壮年じゃなくて中年」

「年ってことじゃないか」

彼が笑うのに合わせて、私も笑ってみた。まったく嫌味に聞こえていないようだ。インテリの中年は、そういうことに鈍感なのだ。

私たちは、手をつないだまま電車を降りた。

白いコットンシャツに、チノパンの彼。フリルのブラウスに、花柄のプリントスカートの私。四十代だけど結構貫禄のある彼と、三十代だけどかなり若作りな私。笑いながら体を寄せ合って、かたときも手を離さない。どこからどうみても、完璧な不倫カップルだ。

ときどき電車の中やレストランやバーで、妖しい熱気を放っているカップルを見かける。たいてい、年上ふうの男と、男よりは年下だが、そう若くはない社会人ふうな女。周囲をまったく気にかけない強烈な恋愛オーラが、ふたりを取り巻いている。若いカップルでやたらいちゃいちゃしているのもいるけど、熱気の質が違う。だからすぐに、わかってしまう。

　ああ、このふたりもなんか間違っちゃったんだな、と。

　私は東京にある私大の日本美術史博士課程二年、彼の研究室で助手をしている。三ヵ月前に、関係を持った。誘ったのは、私のほうだ。

　家庭を持つ男と三ヵ月以上つきあうのは、これで四人目だ。一、二回齧《かじ》っただけの関係は、数え切れない。フリーの男とつきあったことがない、と言ってもいい。

　いままでの相手は、学科生時代の先輩、起業家の友人、美術評論家。全員、年上だ。いまの彼は、十六歳上。どうも、若い男には消極的だ。ある程度の年齢の男を狙うと、たいがいすでに他人のものだ。私はいつだって、それを手に入れるのがおもしろかった。

　私にとって、男は容姿よりも肩書きが重要だった。自分よりも頭が良くて、上の立場にいる男。ほとんど本能的に、自分になびかせてみたい、と闘志のようなものが湧き上がる。難しい立ち位置にいる男とのセックスは、肉体的な快感というよりは精神的な満足感をもたらした。

男のほうは、妻よりも若い肉体を持つ女と、刺激的で後腐れのない関係を持ってみたいはずだ。こちらからアクションを起こせば、断る理由はない。のめりこんでくるタイプは、最初から避けた。別れのカードは、いつだってこっちの手の中に持っていたかったから。

狙っていた男を手に入れたとたん、次に移ることを考え始める。そして、新しいターゲットをみつけたら、乗り換える潮時だ。

三十二歳。このさき、まともな恋愛はきっとできないんだろうな、とどこかであきらめ始めていた。

いまの彼。ゆるやかで、物静かで、知的なひとだ。やはり教職を務める同い年の妻と、高校生の息子がいる。ときどき家庭での出来事や、妻とのささやかな諍《いさか》いの話を私に聞かせた。それを私が嫉妬するでもなく受け止めているのが、彼には心地よいらしかった。

私のほうは、才気煥発《かんぱつ》でデキる女の妻が、どんなに性的に味気ない中年女であるかを想像して、おもしろがっているに過ぎないのだが。

指導者である彼と特別な関係を持つことは、博士論文を提出するうえではプラスに働く。そんな思いもあった。

あたし、わかんないよ。どうしてこんなに気持ちがいいの。

彼に愛撫されながら、私はそんなふうにべそをかいてみせた。

こんなの初めて。すごいよ。

私の喘《あえ》ぎ声に、彼はますますいきり立つのだ。三十二歳にもなって、「こんなの初めて」なんてわけがないのに。

彼の性技には何ひとつ「すごい」ところはなかったが、教壇で講義する涼しい顔が、私の上でとろけそうな表情に変わっていくのを見るのは気持ちがよかった。

けれど、短い指が私の乳首を、性器をまさぐるとき、どうしても苛立《いらだ》ってしまう。

そんなに強くこすらないで。もっと、ゆっくりと。

ぐっと指を押しつけて、円を描くように……回して。

そう言いたくても、言わずにおく。彼のやる気を削ぎたくなかった。

さりげなく彼の手を取って、性器にあてがったことがある。自慰するみたいに、彼の手の甲を上から自分の手で押さえて、ゆっくりと回してみせた。こうするんだよ、と手に教え込もうとしたのだが、彼は滑稽なほど興奮して、よけい乱暴に裂け目に指をつっこんできた。

痛い、と言うと、いっそう乱暴になる。痛い、と言っているのが、いい、と彼には聞こえるのだ。

ああもう。そうじゃないってば。

声に出さずに言って、身悶《みもだ》える。彼の指を、憎らしく思う。

短くて、無骨で、不器用で。

せっかちな、いまいましい指。

五月のとある週末に、私たちは室生寺へ来ていた。

一緒に行こう、と言い出したのは私だ。

私の専門は奈良・平安時代の彫刻で、この寺の弥勒堂《みろくどう》にある釈迦《しゃか》如来《にょらい》坐像《ざぞう》が研究対象だった。いままでに何度も足を運んでいたが、一度彼とふたりきりで来てみたかったのだ。

室生寺は、奈良時代の末期に創建された古刹《こさつ》だ。国宝や重要文化財に指定されている仏像が何体も安置されて、一般に公開されている。

私の指導者でもある彼は、日本の仏像彫刻全般に通じていたが、特にこの寺の仏像を偏愛していた。学生を引率して、何度も訪れている。私も二度ほど、他の学生とともに彼に連れられて来たことがある。その頃は他の男とつきあっていたので、彼には見向きもしなかったのだが。

「今日は一般の拝観者として、無心に見てみようかな」

少し離れて歩きながら、彼が言った。

「いつもディテールにとらわれてしまうからなあ。様式とか表現とか……」

初めてふたりきりでここへ来られたのに、私ははしゃぐ気になれなかった。境内《けいだい》を歩き回るより、早く旅館に行きたい。昨晩ふたをしたはずの欲望が、体の中でぐずぐずしていた。

「特別講義、してくれるんじゃないの？」

「弥勒堂で？　君のほうが僕より、ずっと詳しいじゃないか」

「じゃあ、私がいろいろ、教えてあげるよ。先生は、実は知らないことが多いから」

指の使いかたとか、と心の中で呟《つぶや》く。

彼は、楽しげに笑った。

「じゃあ、今日は君が先生だ」

境内にはシャクナゲの花が咲き乱れて、甘い香りでむせ返りそうなほどだった。石畳に新緑が淡い影を落としている。薄桃色の花の合間を、私たちは最初に金堂《こんどう》へ、そして弥勒堂へと向かった。

企業に勤務して華やかなＯＬ生活を送っている友人たちの間では、私はかなり「シブい趣味」として通っている。就職活動もせず大学に居残って仏像の研究をしているんだから、そう言われても無理もない。

最初は、あまりこだわりもなかった。漠然と歴史が好きで日本美術に興味がある、というあたりから始まって、なんとなく寺院や仏像に興味を持ち始めた。十年前、准《じゅん》教授だった彼のゼミに入って、奈良へ研修旅行に来た。

そこで間近に接したあまたの飛鳥仏《あすかぶつ》の美しさ。奈良、平安と時代が下るほどに、仏像の姿態はいっそうリアルに、なまめかしくなっていく。ほの暗いエロティシズムを感じて、もっと知りたい、と思うようになった。

年上の男たちには、名門大学で仏像研究をしている女子学生、というのが、まずおもしろく感じられたようだ。知的で渋い趣味を持った、普通のＯＬではない女。その女を泣かせてイかせるのが、彼らには快感なのだろう。

いまの彼も、その点では、ほかの男と変わりはない。

木々にこんもりと囲まれて、金堂が現れた。年配の参拝客が記念写真を撮る後ろを横切って、私たちは弥勒堂に向かった。

正面に鎮座している釈迦如来坐像の前に立って、私たちはふたりとも、じっと口を結んだままだった。

美しい像だ。平安前期の最高傑作、と彼も私も認めている。

少しすました顔には、威厳と慈悲の両方が読み取れる。自然で滑らかな衣文《えもん》は、さらさらと流れる衣擦《きぬず》れの音が聞こえてくるようだ。体軀《たいく》にはしっかりとした重さがあり、自然なポーズにはいまにも立ち上がりそうな気配すらある。

見るものの言葉を奪い去る、静かな圧倒感がある。それでいて、この立ち上る色気はどうだろう。

私は、像の両手をみつめた。研究を始めた最初のころから、この像の手の表現には特別な感情がこもっているような気がしていた。

釈迦の両手は、通常、衆生《しゅじょう》を救うために差し伸べられている。その指は緩やかに曲がって「印相《いんぞう》」を結び、人々を安心させたり説法したりするさまを表している。

この坐像は指は結ばずに平らかな手のひらをこちらに向けている。右手は胸の辺りに上げ、左手は下肢《かし》の上に乗せている。すらりとした指。両手の中指が、微《かす》かに持ち上がっている。

たとえようもなく、清らかな指だった。

ふっと持ち上がった中指は、何に触れようとしているのだろう。

「この与願印《よがんいん》の型。ほんとうに端麗だなあ」

急に、彼が口を開いた。思わず、ぴくっとする。

彼も、像の指をみつめていたようだ。

与願印とは、人々の願いを聞き入れ、望みをかなえる仏の慈悲を表している指のかたちだ。釈迦如来像にはよく見られる印相だが、彼の言うとおり、この像の型は特別に優美なものだった。

「中指がこんなふうに少し持ち上がっているのとそうでないのとでは、全然違うね。こうしていると、空気が揺れる、というか……」

「研修旅行のときにもおんなじこと、言ってたよ」

急に、思い出した。あのとき、彼はそんなふうに説明していたのだ。

両手の中指に注目してください。微かに持ち上がっていますね。この像を造った仏《ぶっ》師《し》は、こんなふうに指に工夫をすることで、周辺の空気を揺らすことに成功しています。じっとみつめるうちに、ふっと吸い込まれるような錯覚を覚えるんです……。

確かにあのとき、彼の解説を聞きながら、吸い込まれていくような気がした。

それで、そのまま仏像の世界に強く引きこまれてしまったのだ。

「ああ、そうか。この像の前に来ると、つい講義になっちゃうんだな」

彼が笑うのに合わせて、私も笑った。それから、言ってみた。

「こんなふうに、先生の指も曲がったらいいのに」

彼は笑ったままで、私を見た。

「え？　なにそれ、どういう意味？」

「だから……中指で、触ってほしいの」

私はそっと手を伸ばして、彼の右手の中指をつかんだ。私の潤《うる》んだ目を見て、彼がやさしくたしなめる。

「なんだ、ずいぶん不謹慎だな。御仏《みほとけ》の前で」

私は、熱い息を吐いた。

あんなふうに、そうっと曲がって触れてほしい。

そしたらすごく、濡れそう。

いますぐにでも、そうしてほしくなった。

「そういえば、土門拳《どもんけん》もずいぶん仏像の手を撮っていたね」

彼は、話題を逸《そ》らした。

室生寺の仏を被写体にした高名な写真家が何人かいる。土門拳は、とくに有名だ。ライフワークとして仏像を撮り続けていたが、室生寺の諸仏はぞっとするほど官能的に撮っている。釈迦如来坐像など、いまにも動き出しそうで、実物以上の迫力を感じる。この像を研究するのに、私も彼も、土門の写真をたびたび参考にしていた。

「いいアングルだな」

そう言って、私の手をさりげなく払いのけた。そして、両手の指で四角いフレームを作って覗《のぞ》きこむふりをした。

熟年カップルが入ってきて、すぐ隣に立った。彼は両手をチノパンのポケットに突っ込んで、さっさと堂内から出ていった。

少し離れて、彼が私の前を歩いていく。奥の院へと続く人気《ひとけ》のない杉木立の石段で、「ねえ」と私は彼を呼び止めた。

振り向いた彼の顔に向かって、「キスして」と言った。たちまち、少し弛《ゆる》んだ頬に苦笑が広がる。

「人が来るよ」と言う。

「誰も来ないよ」と返した。

「研修で何度もここに来てるだろ。寺院関係者に顔見知りもいるじゃないか。通りかかったらまずいよ」

彼の言葉を全部聞かないうちに、「いいよ、もう」と言い捨てた。そのまま、向きを変えて階段を下りていった。

「ちょっと待ってよ。怒ったの？」

彼の声が遠くに聞こえる。

興醒めだった。体いっぱいに湧いていた欲望が、急激に萎《しぼ》んでしまった。

人がいようが御仏が見ていようが、キスしてほしかったのに。

スカートに手を差し込んで、その指で、すぐにでも触ってほしかったのに。

寺の門前に、赤い太鼓橋が架かっている。そのたもとにある老舗《しにせ》旅館が、その日の宿泊先だった。

一時には到着してしまった。チェックインは三時だったので、荷物を預け、食堂で昼食を取ることにした。

彼が、名物の山菜膳とビールを注文する。私は、まだむくれていた。

「まだ機嫌直してくれないの。せっかくふたりで、ここまで来たのに」

私のグラスにビールを注ぎながら、彼は相変わらず苦笑している。ビールを一気に飲み干してから、私は言った。

「あんなふうに、中指、曲げてくれる？」

「しっ」と彼は、思わず人差し指を自分の口に押し当てる。

「声が大きいよ」

誰が聞いたって、意味などわかるものか。私は、ちょっとすねた表情を作ってみせた。

「早く、したいの」

今度は囁くと、彼は、ふふ、と笑う。

「僕もだよ」

瞳の奥に、淫靡《いんび》な光がちらりと浮かぶ。私はまた、待ちきれない気分になった。

ランチなんて、どうでもいいのに。

一分でも早く、ふたりきりになって、キスして、服を全部脱いで……。

グラスを握っていた彼の手が、すっと伸びて、私の指先に触れた。それだけなのに、そこが性器になってしまったみたいに、体の中心がきゅんと痺《しび》れる。

「お待たせいたしました。山菜御膳、お持ちいたしました」

突然、すらりとした腕が、黒塗りの盆を卓上に差し出した。

彼の手が、はっとして私の手を離れる。私もあわてて、手を引っこめた。

目の前に次々に小鉢やてんぷらの皿が並べられる。てきぱきと動く手は、水面《みなも》を跳《は》ねる鮎《あゆ》のようだ。

「ビール、お注ぎします」

声が聞こえて、若鮎の手が、ひらりとビール瓶《びん》を持ち上げた。とくとくとく、とふたつのグラスに、巧みに泡を作ってビールを注ぐ。少し骨っぽい指に、鈍い銀色の大きな指輪が光っている。

長くて、しなやかな指。器用そうな、指だ。

私はそっと顔を上げて、その指の持ち主を盗み見た。

若い男の子だ。二十代前半くらいだろうか。

こんな田舎《いなか》の旅館の食堂で働いているにしては、ずいぶん垢抜《あかぬ》けている。少し長めの栗色の癖毛が、うつむき加減の顔にかかっている。切れ長の涼しげな目が、みつめられていることに気づいて、こちらを見た。私はすぐに視線を逸らした。

「もう一本、お持ちしますか」

聞かれて、彼が答えた。

「いや、もう結構。ありがとう」

男の子は立ち上がって踵《きびす》を返した。私の視線は、自然とその後ろ姿を追った。ジーンズの裾《すそ》からのぞいている清潔な素足が、畳《たたみ》を踏んで厨房《ちゅうぼう》に消えた。

学生？　アルバイトかな。

こんな僻地《へきち》で、何してるんだろ。

「知り合い？」

厨房のほうを眺《なが》め続けていたら、彼にそう聞かれてしまった。

今度は私が苦笑して、「ううん」と首を横に振った。

三時十分には、私たちは全裸になっていた。

室生寺の石段を登って、かなり汗をかいていた。けれど、部屋には風呂がなく、浴場に行くのも煩《わずら》わしかった。私たちはお互いの汗臭くてしょっぱい体を夢中で舐《な》め合った。

古い旅館で、壁も薄い。声を出したらまる聞こえになってしまう。抑圧された環境が、いっそう私たちを燃え立たせた。

いつものように、彼の指が、乳首からお腹を伝って秘部へと下りてくる。パンティの上から恥骨を軽く撫でながら、彼が囁く。

「どんなふうに、指、曲げたらいいの」

初めて聞いてくれた。熱い息をつなぎながら、答える。

「中指を……そっと、空気を揺らす、みたいに」

あの釈迦如来の指を、想像していた。冷たく伸びやかな細い指。衆生を救うあの指が、私の、あそこに。

指先が、パンティの横から入ってくる。野イチゴを探すトカゲのように、とろとろに濡れた割れ目に隠れている芯を、彼の指が探し当てる。こりこりと、指先が動く。

最初は、そっと。次第に、乱暴に。

ああ、とたまらず声が漏《も》れる。

イチゴが、潰される。

「痛いよ、せんせい。そんなにしたら……」

「ここだろ？　いいか？　気持ちいいか？」

痛いんだってば。

彼の指を遠ざけたくて、身をよじる。逃すまいと、彼は私の両膝をつかんで、一気に入ってくる。

そのほうが、いい。トカゲにイチゴを食い潰されてしまうよりは。

必死に抑えたけれど、耐え切れずに声が出てしまった。彼の右手が、私の口をふさぐ。苦しい。息ができない。ぼうっとしてくる。

このまま、死ぬかも。

いつしか、彼の指を思い切り嚙《か》んでいた。彼はすぐに上り詰めそうになった。

「ああ、イキそうだ。あれ、つけるから……」

荒い息のはざまに、彼の声がする。私は彼の指をくわえたまま、腰を高く上げて、下から突き上げるように動かした。

「待ってくれよ。そんなに動いたら……」

うおっ、と短く叫んでペニスを引き抜くと、お腹の上に熱い精液をふりかけた。壊れたロボットのように、彼の体が私の上で、びくん、びくんと引きつっている。

ああ、まただ。イけなかった。

あと、ちょっとだったのに。

「痛いなあ。思いっきり、噛まれたよ」

腕枕しながら、彼は右手を私の目の前にかざしてみせた。中指が、内出血している。

「……なんて言おうかなあ」

妻への言い訳を考えているようだ。急速に、黒い感情が私の中に広がる。

いっそ、噛み切ってやればよかった。

そんなふうに思って、目をつぶる。

嫉妬なんかじゃない。もっと煩雑《はんざつ》で手に負えない感情が、火《ほ》照《て》った体に澱《おり》になって沈殿していく。

次のターゲットを、まだみつけていないのに。

私はもう、彼を疎《うと》ましく感じ始めていた。


夕方六時、夕食が準備されている食堂へ下りていった。

盆を持って現れたのは女の子だった。無意識に昼間の彼を探したが、見当たらない。なんとなく、がっかりする。

若い美形の男の子に、興味がないわけではない。けれど自信が持てなかった。

年上の妻帯者に通用する「若い女のふり」も、年下には通用しない。たとえ近くにいたとしても、仏像を眺めるように、少し離れて鑑賞することぐらいしかできなかった。

あまり関知せずに眺めているほうがいい。深入りすると、ややこしいことになりそうだ、と感じていた。

男の子のほうではなくて、自分のほうが。

ビールを飲みながら、彼が言った。私はしばらく黙っていたが、

「無口だね。どうしたの」

「疲れちゃった。激しいんだもん」

そう言い捨てた。彼は私の不機嫌に気づかずに、満足そうにうなずいていた。

寝る前にもう一度、セックスした。また、イッたふりをした。

男って、ほんとに、自分本位だなあ。

抜け殻《がら》のような彼の体に足を絡《から》ませて、そんなふうに思う。

セックスの最中、女が演技してることを見抜ける男は、この世にいないんじゃないだろうか。

どんなに好きでも、イけないものなのかな。

そもそも、イけるほど誰かを好きになったことがないのかな、私。

この人のことも。

どす黒く内出血した彼の中指をみつめる。

体の奥がくすぶって、いつまでも寝つかれなかった。

朝の境内を、シャクナゲの香りが満たしている。

濃厚な、甘い蜜の香り。人気《ひとけ》のない石段を、私はひとり、弥勒堂へと登っていく。

ずいぶん早く、目が覚めた。大口を開いて寝ている彼を揺さぶって、ねだってみた。

今日の午後には、東京へ帰るのだ。学会の準備もあって、しばらくはセックスもおあずけだ。

私は、不満の塊《かたまり》だった。彼の上にまたがって、ねえしようよ、しようよ、と子供のように駄々をこねた。彼のふくよかな腹の上に、恥丘をぐいぐいと押しつける。

彼は面倒くさそうに、浴衣《ゆかた》からはだけて彼の顔の上に下がった乳房を、ぎゅっとつかんだ。

「痛っ」

思わず、不機嫌な声を出してしまった。彼は、「ああ、ごめん」と呟いて、また寝息を立て始めた。

こいつ、最低。

舌打ちして、彼の上から下りた。

さっさと下着をつける。洋服も着て、すっぴんのまま、外へ出てみた。

あたりはみずみずしい空気に満ちていた。いままでも調査のときは、こうして早い時間に一人で弥勒堂へ出かけていた。ほかの参拝客がいないほうが集中できるから、ということもあったが、ひんやりとした静寂の中、像に向き合うのがたまらなく好きだったのだ。

ほんとうは、彼と一緒に朝いちばんで参拝するつもりだったのに。

どうしたって私を満足させてくれないあの人。博士論文を書き上げるまでは、この関係を続けようと思っていたけれど。

弥勒堂に歩み寄ろうとして、足を止めた。

先客が、ある。骨ばった肩と、幅広の薄い背中。

黒いTシャツに、擦り切れたジーンズ。素足にサンダル。

あの、食堂の男の子だった。

三脚を構えて、カメラをセッティングしている。その姿を見て、ああそうだったのか、と納得した。

彼はおそらく、土門拳の信奉者なのだ。

土門に憧れるカメラマンの室生寺参拝は、いまも後を絶たない。連作を撮るために、あの旅館に泊まってアルバイトをしている写真家の卵。彼の背景を、私は瞬時に見て取った。

彼に気づかれないように、少し離れて後ろ姿を見守る。

若鮎のような指が、やはり器用に動いている。忙しそうにケースから機材を取り出したり、レンズを調整したりしている。中指にはめた銀色の大きな指輪が、ときおり鈍い光を放つ。やがて、パシャ、と小気味いいシャッター音が響く。

ファインダー越しに見る仏像。どんなふうに見えるんだろうか。

カメラ、ちょっと覗いてもいいですか？　私、この像を研究しているんです。

そう言い訳して、彼の横顔に接近したらどうだろう。

私は、好奇心を堪《こら》えきれない気分になった。

数歩、近づいた。少し屈んでファインダーを覗きこんでいた彼の薄い背中が、ふっと持ち上がったかと思うと、振り向いた。

視線がぶつかった。昨日の昼食時と同じように、私はあわてて目を逸らし、うつむいた。

　パシャ。

また、シャッターが下りた。私は顔を上げた。

彼は、体を屈めてファインダーを覗いている。カメラのレンズはこちらを向いていた。

「きのうもここに、いましたよね？　あの男の人と」

ぎょっとした。

何か言おうとしたが、声が喉に引っかかって出てこない。顔が、たちまち火照るのを感じる。

「こんなふうに……指を曲げて触って、って言ってた」

ゆっくりとカメラから顔を離して、彼は、右手をレンズの前にかざした。指輪をはめた中指が、淫靡な生き物のように蠢《うごめ》く。そのまま、パシャ、とシャッターを切る。

「中指のことでしょう？　この仏像の。こんなふうに曲げて、触ってほしいんでしょう？」

全身が、かっと熱くなった。小刻みな震えが、じわじわと、蛇のように、ふくらはぎを上がってくる。

カメラを三脚に残して、彼が、私のほうへ近づいてくる。一歩、また一歩。

「聞こえちゃった、全部。ゆうべの、あなたの声。演技でしたね。ちっともイってなかった」

中指を私の目の前に差し出して、ぞくっとするほど猥雑《わいざつ》な笑みを浮かべている。私は唇を、熱い息を吐くかたちに開けた。

「この指なら、イかせられますよ。試してみますか、ここで」

彼の中指が、私の唇に向かってくる。唇から顎、首筋、シャツの胸元、スカートの裾、その奥へと、ぬるぬると這《は》っていく。いつのまにか、私はまぶたを閉じて、指の動きに体をゆだねている。

ああ、だめ。お願い、やめて。

こんなところで……。

指が、動く。円を描くように、ゆっくりと。しだいに、はやく。たまらずに声を上げる。

バサバサッ、と鳥の羽音がする。

はっとして、私は目を見開いた。

青空に突き立った杉木立の真上を、鳥の黒い影が横切っていく。

目の前に、弥勒堂がしんとして建っている。誰も、いない。

私はひとり、ぽつんと境内に突っ立っていた。

体の中心が、熱い。誰かの指で、いましがた触れられたみたいに。

ほの暗い伽藍《がらん》の中に、釈迦如来が座っている。両手のひらの指は滑らかに、少し濡れたように鈍く光っている。

キアーラ　Chiara

列車がトンネルの闇に吸い込まれるたびに、亜季《あき》は膝の上で指を折って数えてみる。

スポレートの谷には、いくつものトンネルがあった。初めてアッシジに向かったときも、父の隣に座って、トンネルの闇を数えたことを覚えている。あといくつの闇を抜ければ、憧《あこが》れの町にたどりつけるのか、とそわそわしていたことも。

スイッチをつけたり消したりするように、交互に現れる光と闇。指を折るうちに、鈍痛のような眠気が、ゆっくりと額を浸していく。

最後のトンネルを抜け、列車が徐々に減速し始めた。

車窓には、ウンブリアの平野が広がっている。

六月の陽射しをいっぱいに受けて、草原が萌《も》え盛る。こちらに向かって悠々と腕を広げているような風景は、十年前も百年前も、かの聖人・アッシジのフランチェスコが生きていた十二世紀も、ほとんど変わっていないんじゃないだろうか。そしてきっとこれからも、変わらないだろう。

初めてこの地を訪れたとき、十六歳の少女だった亜季は、そんなふうに感激したものだ。そのあとも訪れるたびに、似たような感慨に耽《ふけ》った。やっぱりいまも、感心している。進歩してないな私、と苦笑する。

まもなくアッシジ到着、と短いアナウンスが響いたのを機に席を立つ。スーツケースはフィレンツェの友人宅に預けてある。小さなボストンバッグをひとつ提《さ》げて、人《ひと》気《け》のない駅のホームへと降り立った。

十年ぶりの再訪。

あのころと、いま。

変わったことは、いろいろある。荷物が少ないこと。もう、イタリアには住んでいないこと。修復家の肩書きも、すっぱり捨ててしまったこと。

ずいぶん、変わったのだ。

このホームに初めて「修復家」として降り立ったとき、特大のスーツケースにボストンバッグをふたつ、提げていた。スーツケースの中には書類と本と資料、塗り鏝《ごて》やさまざまな種類の筆、パレットなどをむりやり詰めこんで、閉めるのに苦労した。バケツまで入っていたような気がする。「そんなもの、現場で支給されるじゃない。はしゃぎすぎだよ」と、ルームメイトのパオラにあきれられてしまったが、自分の使い慣れている道具を持っていきたかったのだ。

あのときの感情を、なんと呼べばいいのだろうか。

胸にぎゅっと抱いてじたばたと暴れていた鳥を、ふいに空へ放ったような。その鳥になって、フィレンツェからアッシジへ飛んでいった。

傷だらけの聖フランチェスコを助けるために。そして、恩師であり朋友でもあるアレッサンドロに、一瞬でも早く会うために。

十六歳のとき、画家の父に連れられて訪れたこの土地で、ジオットという名の画家のフレスコ画を間近に見た。

聖フランチェスコの生涯、と呼ばれる、二十八場面の連作壁画。

アッシジの聖人フランチェスコの遺体が眠る聖フランチェスコ大聖堂の内部に、この壁画は描かれた。それから七百年後、ひっそりと、亜季の運命を変えた。

この絵のいちばん近くまでいく、と密かに決めた。

そのためにだったら、どんなことでもする。

あのころ、まっすぐに光を目指して伸びる若木のようだった。

狭い駅の構内を抜けると、亜季はひとつ、大きく息をついた。なつかしいひなたの匂いを、まず嗅いでみたかった。

ロータリーにタクシーが三、四台停まっている。人待ち顔で車に寄りかかっていた運転手に「ブォンジョールノ」と声をかけた。

「ホテル・スバシオまで」

イタリア語で話しかけたが、

「ハイ、ワカリマシタ」

意外にも日本語が返ってきた。

「あら。日本語がお上手ですね」

日本語で続けてみると、運転手は後部座席のドアを開けながら、ひとなつっこそうに笑って、今度はイタリア語で言った。

「いや、ほんのひと言だけ。妻が日本人なんでね。勉強中」

「あら、そうなんですか。奥様は何をしていらっしゃるの？」

「専業主婦だよ。去年、一緒になったばかりで」

語学留学でやってきた彼女を駅からホテルまで乗せるあいだに、運命の人だと直感したという。ホテルに着くのと同時にプロポーズしたと聞いて、亜季は面白そうに笑った。

「そうなんだ。じゃあ、十年前だったら、私がプロポーズされていたかな」

運転手は、亜季の年齢を見定めるようにバックミラーをのぞきこんだ。

「十年前は独身だった、ってことかい？」

「ううん、いまも独身よ。十年前に、しばらくこの辺りに滞在してたから」

そうかい、と運転手はカーブに差しかかってもミラーをのぞいたままだ。

「恋人でもいたのかい？」

「まあ、そんなとこかな」

亜季は肩をすくめた。

「そいつはプロポーズしなかったのか。こんな美人に、もったいない」

ひさしぶりに聞くイタリア男の軽口は楽しかった。丘の上の町へと続く坂道のカーブで、亜季は身体をシートに倒しながら窓を開けた。

丘陵に差しかかる手前の平地が、いちめんのひまわりで埋め尽くされている。この地方でよく見られる明るい花畑が、亜季はことのほか好きだった。

世界中のひだまりを集めたような、輝く正方形。どの花も、いっせいに空を見上げている。太陽は、青空の真ん中にさしかかろうとしていた。

「旅行中かね？」

花畑に見とれていた亜季は、再び話しかけられて我に返った。

「ええ、まあ」

日本を発って、フィレンツェに四泊、アッシジに一泊の短い滞在だった。

「丘の上で、いい男が待ってるんだろ？　顔が輝いてるよ、べっぴんさん」

邪気のない言葉に、亜季は少し寂しげに微笑した。

ひまわりの無数の褐色《かっしょく》の顔が、みるみる遠ざかっていく。

平野に向かって張り出したホテルのテラスへ、亜季は歩み出た。

さえぎるものは何ひとつない。すがすがしい大気があたりを満たしている。けたたましい鳴き声を上げて、風景を切り裂くようにカケスの群れが渡っていく。目を細めてその軌跡を追ってみたが、あまりのまぶしさにまぶたを閉じた。真昼の陽射しがノースリーブの腕の上でちりちりと跳《は》ねるようだ。

額の上に乗せていたサングラスをかけると、亜季はテラスの手すりにもたれかかって振り向いた。

初夏の光を白々と弾いて、どっしりと立つ堅牢な石造りの聖フランチェスコ大聖堂が見える。ホテルのテラスは聖堂前の広場から少し高い位置にあったので、広場を横切っていく人々の姿が眺《なが》められる。団体旅行の旗を先頭に、ぞろぞろと繋《つな》がって歩いていくのはアメリカ人観光客のようだ。この季節、イタリア各地の聖堂を埋め尽くすのは決まってアメリカ人の団体だった。もっともフィレンツェでは、中国人の団体客が祭壇の前でフラッシュをたいて写真を撮りまくっているのに出くわして、辟易《へきえき》したのだが。

旅行者の群れが、次から次へとまぶしい広場を横断していく。聖堂は青空にぴたりと貼りついたように、きまじめに黙って佇《たたず》んでいる。亜季が十六歳のとき初めて見たとおりの姿で、やはり何ひとつ変わっていない。

ちょうど十年前に、この聖堂を見るも無残に破壊した大地震があったなどと、いったい誰が信じられるだろうか。

あの地震は、この地域で暮らす人々の生活をめちゃくちゃにした。世界遺産に登録されるほど古い町が災害に強いはずがない。幸いしたのは石造りの建造物が多かったことだろう。日本のように木造の家屋が密集している場所であれば、火災が起こっていっそう被害は広がったはずだ。しかし、甚大《じんだい》な延焼は免れたものの、十三世紀の昔からアッシジの町を見守り、世界中から巡礼者と観光客を黙々と受け入れてきた聖フランチェスコ大聖堂は、この世の終わりのような震動をも、あっさりと受け入れてしまった。地震は聖堂の天井画のいっさいを引き剝《は》がし、十三世紀の画家・ジオット作と伝承される堂内のフレスコ画を、容赦なく傷めつけたのだ。

あの日の朝、ドアが壊れるほどのノックの音で目が覚めた。寝ぼけ眼の亜季に向かって、パオラが血相を変えて叫んだ。

「大変よ。今朝の地震でアッシジがめちゃくちゃになっちゃったって、いまニュースでやってる。早く来て」

「地震？」

「大聖堂のフレスコ画が……『聖フランチェスコの生涯』が。やられたのよ。被害の全貌は不明だって」

亜季は飛び起きた。そういえば明け方、アパートの天井がみしりと軋《きし》んだのを聞いた気がする。リビングへ走っていき、パオラと一緒にテレビのニュースに食らいついた。

一九九七年九月二十六日未明。

イタリア中部、マルケ・ウンブリア地方にマグニチュード5・5の地震が発生。死者、負傷者数不明。建造物の被害は甚大で、特にアッシジの町は壊滅的。聖フランチェスコ大聖堂はバシリカが半壊し、天井のフレスコ画が崩れ落ちた。ルネッサンス芸術の始祖である画家ジオット・ディ・ボンドーネ・ダル・コッレの手によると伝承される壁画「聖フランチェスコの生涯」にも、深刻な損傷が及んでいる……。

亜季は目を疑った。テレビの画面には、めちゃくちゃになった大聖堂の映像が映し出されている。

「信じられない。こんなことって……」

かすれた声で呟《つぶや》くと、黙ってテレビを凝視していたパオラが亜季のほうへ振り向いた。その顔には、不思議な光が差している。

「ついにきたわね。ものすごいチャンスが」

頬を紅潮させてパオラが言う。とびきりスリリングな映画が始まる前のような、期待と興奮が入り混じった声で。

「すぐに修復チームが結成されるはずよね。おそらくローマとフィレンツェの修復研究所を中心に。ああ、ぐずぐずしてられない。アレッサンドロに連絡しなくちゃ」

アレッサンドロはフィレンツェ国立修復研究所の首席修復家で、亜季とパオラの指導者だ。パオラが未曽有《みぞう》の大惨事を「チャンス」と言ったのは、これから歴史的な大修復作業が始まる、ということなのだ。

日本で唯一文化財の修復科のある芸術大学を休学、二十歳で渡伊して、フレスコ画修復の修業を始めて十年。不謹慎かもしれないが、大惨事は、やはりフレスコ画修復家として活躍めざましいパオラにだけでなく、亜季にとっても大きなチャンスであることは間違いなかった。

パオラはすぐにアレッサンドロに電話をした。おそらく方々から連絡が殺到しているのだろう、電話はなかなか繋がらなかった。パオラが短く舌打ちして乱暴に受話器を置くのを、亜季は背中で聞いていた。瓦礫の山と化した聖堂の内部。ざくざくと突き刺すような心臓の鼓動がテレビの画面に重なる。

どうしよう。

祈りの言葉を口にするのも憚られるほど静まり返った聖堂。絢爛《けんらん》と輝く円形天井《ドゥオーモ》を彩《いろど》る天井画。正面の祭壇へと連なる左右の壁に、とどまっているはずの絵。それらが渾然《こんぜん》と、幾千もの破片となって床を埋め尽くしている。数時間前まで完璧だった小宇宙が、ただ一度のビッグバンで跡形もなく破壊されたのだ。

助けなければ。すぐにでも。

本能の声が亜季に語りかけていた。けれど、どうしていいかわからない。足下から小刻みな震えが駆け上がってくる。立ち上がろうにも、膝が揺れてしまって力が入らない。

「アキ。あたし、アレッサンドロの家まで行ってくるから」

テーブルの上のスクーターの鍵を取り上げて、パオラが声をかけた。振り向いた亜季の顔を見て、ぷっと噴き出す。

「大丈夫？　ぶっ倒れそうに真っ青じゃない」

亜季の口もとに、苦しげな笑みが浮かんだ。その顔に向かって、パオラが強い口調で言った。

「あなたも一緒に行く？」

来るな、と聞こえた。亜季は返事をしなかった。口もとの微笑は消えていた。

「とにかく行ってくるわ。帰ってきたら状況教えるから。じゃあね」

バタンとドアが閉まって、階段を駆け下りる足音が、あっというまに遠ざかる。

こんなふうにいつも、パオラには一歩先んじられてしまう。勉強でも、仕事でも。アレッサンドロへの態度でも。

アレッサンドロに対して、亜季は必要以上に踏み込まずにいた。尊敬する恩師であり、いまはよき友でもある。淡い思いはあっても、家庭のある彼に積極的になってはいけない、とブレーキをかけていた。パオラは亜季の気持ちを知ってか知らずか、堂々と「横取りしてやるんだ」と宣言していた。

薄暗いリビングに取り残されて、亜季はぽつんと座り込んだままだった。

小さなテレビの箱の中、繰り返し繰り返し再生される、悪夢、阿鼻叫喚《あびきょうかん》、最後の審判――。


ローマ中央修復研究所とウンブリアの国立美術館付属の修復研究所を中心にアッシジ文化財修復チームが結成され、十数名の精鋭の修復家が従事することになった。

このプロジェクト参加を巡って、イタリア全土から修復家の志願が殺到したことは言うまでもない。これほどまでに大規模なフレスコ画の修復、しかもジオット作――まだどの美術史家も断定できてはいないものの――と伝えられている作品を含む著名な画家の手によるものばかり。このプロジェクトに参加することが、修復家として名を上げるのにどれほどプラスになるか。地震直後の映像を見た瞬間、修復家であれば誰しも直感したに違いなかった。そう、パオラのように。

パオラは血眼《ちまなこ》になって、ありとあらゆるコネクションを使ってプロジェクトにもぐりこもうとやっきになった。しかし、パオラや亜季のように研究所に所属していないフリーの修復家が指名される可能性は低かった。各地の選りすぐりの修復家に、政府の肝《きも》いりで研究所から声がかけられていた。

フィレンツェからは、当然のように、アレッサンドロが参加することになった。そう決まってから、パオラはなりふりかまわず彼を誘惑しようとしたが、「身持ちが固すぎ」と、最後には幻滅していた。本当のところ、ふたりのあいだに何が起こったかはわからない。とにかくパオラがあきらめてくれて、亜季は胸を撫《な》で下ろした。

万が一、パオラとアレッサンドロが深い仲になって、パオラがプロジェクトに推薦されたりしたら、亜季は立ち直れないほどダメージを受けただろう。ありがたいことに、そんなことは起こりえなかった。

ちょっとやそっとでは越えられないほどこのハードルは高いのだ。亜季はそう理解して、自分をなだめた。

そんな矢先、ローマ中央修復研究所から亜季に連絡が入った。地震から四ヵ月後のことである。

聖フランチェスコ大聖堂の修復プロジェクトに、さらなる人員が必要です。

受話器の向こうの声がごく事務的に響くのを、亜季は全身を耳にして聴いた。

つきましては、アキ・タクラ、あなたを修復チームにお招きしたいと思います。

「スィニョリーナ・アキ・タクラ？」

控えめに呼びかける声がして、しばらく大聖堂を眺めていた亜季は、テラスのドアのほうを振り向いた。

大きなトートバッグを肩から提げ、金色の長い髪を風に揺らして、すらりと長身の女性が立っている。色白の顔にほんのり笑みを浮かべて、亜季に向かって歩み寄った。

「リタです。また、お目にかかれて嬉しいです」

ためらいがちに右手を差し出す。吸いこまれるように彼女をみつめながら、亜季はその手を柔らかく握った。

「驚いた。あなたが、あのリタ？　すっかり大人っぽくなっちゃって」

リタは恥ずかしそうに肩をすくめた。

初めて会ったのは、大聖堂の修復現場だった。少女を女性に変貌させる、十年という年月の長さを亜季は一瞬で体感した。

「あなたに驚かされたのはこれで二度目よ。最初は手紙をもらったとき。誰だったか、思い出すのに苦労したわ」

　フィレンツェ国立修復研究所気付で送られてきた手紙は、亜季の東京の実家へ転送され、いまは神戸の大学で教鞭《きょうべん》を執る亜季のもとへ届いたのだった。

「私も驚きました。私のことを覚えていてくださって、そしてまさか本当に、わざわざ来てくださるなんて」

　ようやくためらいの消えた声で、リタが応《こた》えた。ふたりはテラスのテーブル席に腰かけて、オランジーナを注文した。

「あれから、アッシジへはおいでになったんですか？」

　リタの質問に、亜季はうなずきかけて、すぐに首を横に振った。

「フィレンツェからローマへ向かうとき、何度か通りかかったけど。忙しくて、立ち寄れなかったの」

「そうですか。じゃあ、大聖堂の修復が完成してからご覧になるのは」

「これが初めてよ。まだ、見にいっていないけどね」

大聖堂の修復プロジェクトは、地震発生から九年経った昨年、一応の完結をみていた。しかし、三十万個以上にも粉々に砕けたフレスコ画の破片を完璧に復元する術《すべ》も予算も、実際のところなかったのだ。だから、「聖フランチェスコ大聖堂の修復作業は終了した」とマスコミが報道し、世界中の観光客が「蘇った大聖堂」を感動のうちに訪問しても、修復家たちは「終了した」とは誰ひとり言わない。絵のどの部分にはまっていたのか確認できていない多くの破片が、いまもなお研究所内に保管されているからだ。

「修復後の壁画、もちろん、あなたは見たのよね？」

亜季に聞き返されて、リタはうなずいた。

「だって、私の家はここから五分と離れていませんから。修復前も修復中も修復後も、全部、見続けてきました。でも秋からは、しばらくお別れなんです」

九月からフィレンツェの大学で美術史を学ぶ、と聞いて、亜季は自分のことのように嬉しくなった。

「そうなの。私も、あなたくらいの年に、フィレンツェで美術史や修復の技術を学んだのよ。あなたはこれからね」

この子の人生の真昼は、まさにこれからなのだ。

そう思うと、羨ましかった。

イタリアを引き上げてから日本の大学に戻り、いまは地方都市でイタリア美術史の講師をしている自分の身の上を、亜季は語って聞かせた。結婚をしたわけでもなければ子供を生み育てているわけでもない。恋人もいないし浮いた話のひとつもない。研究論文を書き、教室で学生たちの退屈そうな顔に向かい合う、修道女のように枯れた日常。

特別おもしろくもない話のはずだが、リタは目を輝かせて聞き入っているのだった。この年頃のイタリア人の女の子にありがちな、おおざっぱな明るさが彼女にはない。代わりに、琥珀《こはく》色の瞳には、知的な好奇心が浮かんでいる。視線を交わすうちに、小さかったリタと初めて会話したとき、神秘的な天然石にも似たこの瞳に、強く惹《ひ》きつけられたことを思い出した。

フランチェスコを助けてあげてね、おねえちゃま。

長い金色の髪を揺らして、あどけなさの残る舌足らずの声で、リタは話しかけてきたのだ。

黒髪を後ろで結わえ、作業服にマスク、鏝を手にした姿は、子供が近寄り易い風体ではなかったはずだ。それなのに、大聖堂で作業を始めようとする亜季のところへ、リタは自分から駆け寄ってきたのだ。

助けてあげてね、おねえちゃま。

フランチェスコとキアーラ、またいっしょにしてあげて。

「それで、あなたが手紙に書いてた……見せたいものって、何？」

リタがオランジーナを飲み干してしまうのを待って、亜季はようやく切り出した。

亜季が再びここへ戻ってきたきっかけは、リタがよこした一通の手紙にある。

——どうしても、いま、あなたにお見せしたいものがあります。そして、あなたのお力を借りたいのです。

それが叶わない限り、真実、フランチェスコを救い得ないのではないかと、ずっと思い悩んでいるのです。

フランチェスコとキアーラ、ふたりが一緒になれる日も、永遠に訪れないのではないかと。

美しい詩のような手紙に誘われるままに、講義の合間を縫って、再びアッシジへやってきた。

もう二度と来ることはない——たとえ幾千万の破片が完璧に元に戻されたとしても——と思っていたのに。再訪を促したのが、修復研究所の誰かや、パオラや、たとえアレッサンドロであったとしても、再びこの地を踏むことはなかっただろう。

ずっと以前に、わずかに会話しただけの幼い女の子から届いた、どうかいらしてください、と優しい吐息のような手紙。ふと、胸の底に降り積もったままになっていた塵《ちり》が舞い上がるのを、亜季は感じた。

フランチェスコとキアーラ、ふたりが一緒になる日。

そのフレーズが、アッシジの空に遠く響き合うふたつの鐘《かね》を思い出させた。

朝と正午と夕暮れ、一日に三回、聖堂の鐘が鳴り渡る。聖フランチェスコ大聖堂の鐘に呼応するように、ひときわ高く静かに鳴り響く聖キアーラ大聖堂の鐘。

どこまでも、追いかけているんだ。フランチェスコを。

そう思って、切なくなった。

「私ね。もう、とっくに修復家は廃業したのよ」

リタが急に黙りこんでしまったので、亜季は少々そっけなく言った。

「もう、ここに来ることもないと思ってた。だけど、あなたの手紙があんまり一生懸命だったから、なんだか気になっちゃって。それに、一度くらい『完成した』と言われている壁画を見にきてもいいかな、とも思ったし。フィレンツェの友人にも会いたかったし」

自分がここにいる理由を、言い訳がましく並べてみた。どれも嘘ではなかったが、本当の理由はもっと単純なものだった。

もう一度、ここへ戻ってきたい。

若かった自分のすべてを賭けた場所へ。

もう一度、ジオットの絵に——フランチェスコに会いたい。

ただ、それだけだった。そのために、何でもいいから理由が欲しかったのだ。

どんなにここへ帰ってきたくても、長いことその思いを封印していた。そんな資格はもはや自分にはない、とわかっていたから。

「あなたが私に何を見せたいのか知らないけど、もしも十年前にここで修復をやっていた私に期待して手紙をくれたのなら、残念ね。応えられないわ」

自嘲気味に言うと、

「知っていました」

消え入るような言葉が聞こえた。亜季は、「え？」と身を乗り出した。

「知ってた？　私が修復家やめたってこと？」

「はい」

「私、あなたへの返事にそう書いたかしら？」

リタは少し口ごもったが、

「お返事をなかなかいただけなかったので、フィレンツェ国立修復研究所へ電話してみたんです。それで」

「ああ、そうなの」

旧友の廃業を伝えたのは、パオラだろうか。

しばらく、会っていない。今回、ひさしぶりにフィレンツェへ行くことも知らせなかった。亜季が帰国してからもメールのやりとりはあったが、いまも第一線で活躍するかつてのライバルとは、すっかり疎遠になっていた。

リタはテーブルの上の空っぽのグラスを注視していたが、祈るように一瞬、目を閉じた。それから、思い切った声で言った。

「私が見せたって、誰にも言わないでくださいますか」

唐突な言葉に、すぐには応えようもなかった。亜季は無言でリタをみつめてから、うなずいた。

琥珀色の瞳が震えているのがわかる。リタは、隣の椅子に乗せていたトートバッグから、大きなチョコレートの箱を取り出した。あちこちがへこんでいる、古ぼけたスチールの箱。亜季の目の前に置くと、壊れものに触る手つきで、そっと蓋《ふた》を開けた。

入っていたのは、漆喰《しっくい》の欠片《かけら》だった。十個ほどある。親指大のものから、子供の手のひら大のものまで。褐色を帯びた灰色の破片には、ところどころに彩色《さいしき》のあとが見える。ひとつひとつ真綿にくるまれて、野鳥の卵さながらに、息を潜めて箱の中に並んでいる。

亜季は視線を動かさずに、恐々と手を伸ばし、その中のひとつを注意深く掬《すく》い上げた。顔を近づけてみる。

欠片の表面に、顔料がのっている。微《かす》かな色の粒子が、初夏の陽射しにちらりと光る。

「これは……」

亜季の呟きに、リタは小さくうなずいてみせた。

「フレスコ画の、欠片です」

一九九八年二月一日。

アッシジの丘の上は、刺すように冷たく乾いた風が吹き渡っていた。

ホテルに到着するやいなや、チェックインするのももどかしく、亜季は荷物をフロントへ預けて寒風の中へ飛び出していった。

すぐにでも、会いたかったのだ。

ジオットの絵に——フランチェスコに。

いや、そうじゃない。

アレッサンドロに。

なだらかな石畳の坂道は、盛り上がったりへこんだりして、あちこちに工事中の小さなフェンスが立っている。古い石造りの家屋の周辺には、足場が何十箇所となく組まれていた。路地を抜けながら、歴史が育《はぐく》んできたこの小さな美しい町を地震がいかに傷めつけたか、すぐに実感した。

「復旧は着実に進んでいる」と政府は発表したが、実際のところ、完全な姿に戻るまでどのくらいの時間を要するのか、誰にも想像できない。

壊れそうに透き通る青空を背景に、四方に足場を組み上げられて、聖フランチェスコ大聖堂がかろうじて立っていた。祈りのため息が木霊《こだま》する物静かな聖堂は見る影もない。どこへも逃げ出さないようにがんじがらめにされた、傷ついたモンスターのように見える。亜季は入り口の前で立ち止まると、胸に手を押し当てて息を整えた。それから、両手を組んで頭を垂れた。クリスチャンではなかったが、祈らずにはいられない気分だった。

Chiuso al Pubblico（立ち入り禁止）と黄色いテープが張り巡らされている下をくぐって、亜季はためらいなく聖堂の中へ入っていこうとした。すぐに警備員が飛んできて、「ここは立ち入り禁止ですよ」と声を荒らげる。

「修復家のアキ・タクラです。ローマ中央修復研究所の要請を受けてきました」

「ＩＤと研究所の証明書を見せてください」

パスポートを出したが、証明書はホテルに預けた荷物の中に入れっぱなしだった。

警備員はいぶかしそうな表情で、パスポートの写真と亜季の顔を見比べている。

「証明書がないと入れませんよ」

もっともなことだった。ホテルへ戻って出直そうと、テープをくぐった瞬間、

「アキ？」

声をかけられて振り向いた。アレッサンドロだった。

「アレッサンドロ。よかった、証明書をホテルに忘れてしまって止められちゃったの」

アレッサンドロは警備員に説明して、許可を得てくれた。彼に会うのは半年ぶりだ。ふたりは笑顔で軽く抱擁し合った。友人同士の日常的な挨拶に過ぎなくても、自然と胸が高鳴る。

「きのう来ると思って待ってたのに。ピッティ宮の修復の仕事はパオラに引き継いだんだろ？」

ヘルメットを渡してくれる指先が、一瞬触れた。火傷《やけど》でもしたように、ちくっと熱い。亜季はあわててヘルメットを被った。

「ええ、そっちは大丈夫だったんだけど。これでも『すぐに来い』って言われて一週

間で準備したのよ」

「きのう、山城《やましろ》博士が到着したんだ。君がいないから不機嫌だったよ」

そう言って、アレッサンドロは片目をつぶった。明るく沸《わ》き立っていた胸の中に、冷たい水が一筋、流しこまれた気がした。

「とにかく、こっちへ。まず、壁画の設計図を見せよう」

大聖堂の内部は天井いっぱいに足場が組み上げられ、あちこちで作業用の照明が光を放っている。何人もの作業員が階段を上がったり下りたりしている。そのたびに、ギシッ、ギシッと鉄パイプが軋む音が堂内に響き渡る。壁面は足場と保護シートに隠れて、中央の通路を歩きながらではちらりとも見えなかった。

聖堂は東側に入り口があり、正面に祭壇が設けてある。祭壇の背後のステンドグラスは西日を受けて、夕方のミサのときには七色の光を堂内いっぱいに満たして輝く。祭壇の真上の円形天井《ドゥオーモ》の中心には、ヤコポ・トッリーティによる四枚の円形の絵、左側の翼廊のピエトロ・ロレンツェッティの「夕陽の聖母」、洗礼者ヨハネ礼拝堂には同じくロレンツェッティの三翼祭壇画《トリプティーカ》。どの絵の中にも、聖フランチェスコの姿があった。

そして、祭壇に向かう両壁面を覆《おお》いつくす、ジオットとその弟子たちによる二十八場面のフレスコ画。

聖フランチェスコの生涯に起こったエピソードと奇跡の数々が、２７０㎝×２３０㎝の壁ごとに一場面ずつ描かれている。総面積１７２㎡。いかにしてアッシジの商人の息子フランチェスコが神の声に目覚め、奇跡を起こし、神のもとへと旅立ったのか。キリストの生涯さながらに、静謐《せいひつ》な色と豊かな筆づかいで描かれている。文字が読めない庶民も多かった中世において、この絵物語がどれほど人々を励まし、信仰を強くさせたことだろう。

十三世紀末に制作され、今日まで大切に伝えられてきたフレスコ画の数々は、しかし、先の大地震ですっかり打ち砕かれてしまった。天井は崩れ落ち、壁面を含むすべてのフレスコ画に損傷が認められた。アレッサンドロから聞いた話では、おそらく数十万個の破片に砕けてしまったらしい。今回の修復プロジェクトのミッションは、それを可能な限り復元することだ。およそ人類が体験した中で、もっとも難解なパズルになることは間違いない。

足場と保護シートが覆い尽くす、戦場のようなバシリカ。覚悟はしていたが、現実を目の当たりにして、亜季は全身が粟立《あわだ》った。

けれど、一刻も早く、この恐ろしい事態から文化財を救わなければならない。センチメンタルになっている猶予など、修復家には一瞬たりともないのだ。

修復家の仕事には、三つの大切な使命がある。

アレッサンドロの背中を追いかけながら、彼が教えてくれた言葉を思い出す。

芸術作品を救うこと。蘇らせること。そして、伝えること。

壁画は決してその場所から動かない。けれど、僕ら次第で、悠々と時間を超えさせてやれるんだ。

世代から、世代へ。人類から、人類へ。

どうだい、アキ。わくわくしないか？

アレッサンドロに続いて、執務室へと亜季は入っていった。窓の近くに立っていたずんぐりした背中が、こちらを向いた。

山城隆郎《たかお》だった。亜季と目が合うと、口もとを歪《ゆが》ませて笑った。

「どうしたんだ、亜季ちゃん。きのう、出迎えがなかったよ？」

父の友人であり、イタリア美術史と修復学の権威である山城と会ったのは、亜季が十五歳のときだった。それからずっと、山城には「亜季ちゃん」と呼ばれている。日本の大学では、彼のゼミの生徒でもあった。

日本人同士の挨拶らしくなく、山城は亜季に向かって手を差し伸べた。ほんの少しの間があったが、亜季はその手を握ると、笑顔で挨拶した。

「ブォンジョールノ、ドットール・ヤマシロ」

イタリア語で語りかけると、歪んだ笑みを口もとに浮かべたまま、山城が即座に日本語で返した。

「僕の推薦が効いたようだね。君がこのプロジェクトチーム内で唯一の日本人だそうじゃないか」

亜季は、ねっとりと熱を持った分厚い手を離した。山城は、ふん、と鼻で笑った。

「イタリア文化庁に君を採用するよう、圧力かけたからな。文化庁長官は僕の留学時代の同期だからね。今回の修復プロジェクトの支援金集めに僕が奔走していることも、彼はよく理解してるよ」

ウンブリア地震の発生からまもなく、日本国内でアッシジ文化遺産修復支援委員会が発足した。国立美術館の館長や大学教授、イタリア文化研究者などが発起人に名を連ね、特に聖フランチェスコ大聖堂の壁画修復にかかる資金集めに協力する、というものだった。山城は、その委員長を務めていた。

地震後の山城の動きは早かった。すぐに発起人を集め、組織を作り、記者会見を開き、政財界に働きかけて、着実に寄付を引き出した。アジア通貨危機も大手証券会社の倒産もあり、日本の経済がすっかり冷え込んでいるにもかかわらず。

「このたびのご協力、現場も大変励まされています。あなたがすばやく動いてくださったからですよ、山城博士」

アレッサンドロは静かに言った。おそらく、きのう出迎えた瞬間からもう何度も謝辞を述べているはずなのに、口調には変わらぬ感謝の思いがこもっていた。

「それはどうも」

目だけをちらっとアレッサンドロのほうへ動かしたが、山城は亜季に向き合ったままで続けた。

「きのうまでに君がここへ到着しているように、僕は所長に頼んでおいたんだよ。どうして来なかったの。それとも、僕を出迎えることより大事なことが、君にはあるのかな」

なじりながらも、山城は不機嫌ではなかった。いびって楽しむような響きが、言葉の端々に滲《にじ》んでいる。亜季のほうが、つい不愉快な声を出した。

「イタリア語で話してください。周りの人がわかりませんから」

「イタリア語で話したら、僕が機嫌を損ねていることがわかってしまうよ。これでも思いやってるつもりなんだがね」

亜季はそれきり、黙りこくった。重苦しい空気を感じ取ってか、アレッサンドロもふたりの近くに佇んだまま、口をつぐんでいる。山城は、ふんふん、と二回、鼻を鳴らすと、特大のくしゃみをした。

「ああ、埃《ほこり》っぽいな。これだから現場は嫌なんだ。僕はもう退散するよ」

立ち上がると、アレッサンドロに向かって「Io vado（もう行きます）」と言った。

アレッサンドロは満面に笑みを浮かべて、右手を差し出した。

「ありがとうございました。寒い中、いらしていただいて。明日の作業ですが、朝八時からブリーフィングがあり、その後コンピュータで画像データを確認して……」

埃まみれのアレッサンドロの手を申し訳程度に握ると、

「Buono. Grazie（もう結構。ありがとう）」

ドアの近くに立ちっぱなしの亜季のそばを通りかかる瞬間、ふと立ち止まって、思い出したように言った。

「食事、付き合いなさい。僕のホテルで、予約しておくから」

バタン、と重々しくドアが閉まった。

真冬の広場の彫像のように、亜季は身を硬くして立ち尽くした。

聖フランチェスコ大聖堂の修復に参加する初日。

早朝、亜季は聖キアーラ大聖堂の一室にきていた。その昔、聖フランチェスコに語りかけたというキリストの磔刑《たっけい》像が、バシリカの天井から吊り下げられている。像の下のベンチに座って、瞑想《めいそう》する。

フランチェスコが生死をさまよいながら見た夢とは、いったいどんなものだったのか。

青年フランチェスコは、十字軍の遠征の途中、重篤《じゅうとく》な病に冒される。夢うつつに現れたのは、十字架の旗がひらめく美しい宮殿。それを指差しながら、見覚えのある人物が、光の中からやわらかな声で語りかける。「この家は、お前とお前の騎士たちのものだ」。その人物とは、イエス・キリストその人だった。

フランチェスコよ。故郷へ帰るがよい。そこでお前はこの夢の意味を知るだろう。

夢から覚めたフランチェスコは、十字軍の遠征をあきらめて故郷へ帰り、代わりにローマへ巡礼の旅に出る。

巡礼から戻ってまもなく、田舎《いなか》道を歩いていたときのこと。何かに導かれるように、崩れかかった小さな教会に足を踏み入れた。そこに掛っていた十字架のキリストが、彼に三回、語りかけた。

フランチェスコよ。倒れかけた私の家を、修復しなさい。

「私の家」とは、カトリック教会そのものを指しているのだ。フランチェスコはそう気づいた。十三世紀、ローマ法王を頂点として膨《ふく》れ上がった教会組織は、形骸《けいがい》化と腐敗が進み、庶民の感性とはかけ離れた存在となっていた。

すべての人の心のなかにある本当の「神の家」を、建て直さなければならない。そう悟ったフランチェスコは、公衆の面前で自分の持てるものをすべて、着ている衣服の最後の一枚までをも脱ぎ捨てて、父親であるピエトロ・ベルナルドーネに返してしまった。

天にまします我らの父よ。いまから、あなただけが、私の父です。

それは、フランチェスコがかたちあるものすべてを失った瞬間であり、清貧の女王と結婚した瞬間だった。

フランチェスコを目覚めさせた像と正面から向き合って、亜季は長い間目を閉じていた。

フランチェスコが体験したように、像の内側から聞こえてくるはずの声に、全神経を集中させる。けれど、どんな囁《ささや》きも、物音も、何ひとつ聞こえてくることはなかった。

代わりに鼓膜《こまく》の奥に蘇るのは、夕食の席での、山城隆郎との会話。

いいじゃないか、と山城は執拗に亜季を部屋にさそった。

僕は、君との関係を終わりにした記憶はないよ。だからこそ、君をイタリア文化庁に推薦したんだ。

亜季は、ぴしゃりと返した。

だったら、辞退します。

山城は、せせら笑った。

そんなに意地を張ることないだろ。修復家なら誰だって、喉から手が出るほど欲しい仕事なんだから。入学するときも留学するときも、僕の言うとおりにしたじゃないか。だから、全部君の思い通りになった。そうだろ？

芋虫のような指が白いテーブルクロスの上をゆっくりと這って、亜季の手をつかまえようとした。それを振り払って、店を出てしまったのだ。

亜季は目を開けて、もう一度磔刑像を見上げた。

朽《く》ちかけた木製のキリスト像は、十二世紀のビザンティン様式らしく、大きく見開いた目を爛々《らんらん》とこちらに向けている。

この像が作られた百年後に、ジオットは血肉を感じさせる「人間的な」キリストを描いた。それが感じられないだけに、この磔刑像はいっそ神々《こうごう》しかった。

ほの暗い胸の奥底までを見抜かれそうな気がして、亜季は無意識にコートの前を合わせてボタンをとめた。

腕時計を見ると、八時少しまえだった。まもなくブリーフィングが始まる。立ち上がると、磔刑像に背を向けて歩き出した。

やはりあちこちに組みあがった足場の間を抜けて、亜季は凍《こご》えそうな朝の空気の中へと戻っていった。


古ぼけたチョコレートの箱の中から、漆喰の欠片をひとつひとつ手に取る。

リタが見守る中、亜季は注意深く「フレスコ画の破片」を検分していた。

いまでも持ち歩いているルーペを表面に密着させて覗《のぞ》き込む。鮮やかな顔料がしっかりと定着しているものもあった。

一通り検分が済むと、亜季はため息をつきながら顔を上げてリタを見た。

「犯罪、ですよね」

亜季が何か言い出す先に、リタが言った。

「わかってます。文化財を、勝手に持ち出したんですから」

ルーペをテーブルに置くと、亜季はくすりと笑った。

「『禁じられた遊び』ね。まったく、なんて好奇心の強い女の子だったのかしらね」

修復現場で、初めて亜季のところへやってきたときも、リタは「立ち入り禁止」の黄色いテープを易々《やすやす》とくぐって、一目散に駆けてきたのだ。警備員に止められもしなかった。あまりに迷いなく入っていくので、亜季の娘だと思ったらしい。

あたし、知ってる。おねえちゃま、教えてあげる。これは、ここ。これは、こっち。これは……。

小さな女の子は、区分けされて置いてあるフレスコ画の欠片を指差して、修復設計図とは微妙に違う部分にそれがはまると主張した。国家プロジェクトに堂々と口を挟む少女の存在に亜季は苦笑したが、驚いたのは、チームのリーダーであるアレッサンドロが、彼女のたあいないおしゃべりにまじめに耳を傾けていたことだった。

このピースはこの絵の中の、どの部分だと君は思うんだい？　キアーラ。

教皇のお顔の部分よ。お鼻の右横よ、フランチェスコ。

アレッサンドロとリタが、お互いを「キアーラ」「フランチェスコ」と呼び合って、休憩時間に修復設計図を前に会話していたことを、亜季は突然、思い出した。

「そういえば、あなた、『キアーラ』って呼ばれてたわよね。だからあなたからの手紙を受け取ったとき、なかなか思い出せなかったんだわ」

今度はリタが、くすりと笑う。

「じゃあ、私のこと『キアーラ』って呼び名で、覚えててくださったんですか」

亜季はうなずいた。

「それに、アレッサンドロ……あのとき、修復チームのリーダーをやっていた男の人のことを『フランチェスコ』って呼んでたんじゃなかった？」

リタは、誤って苦い果実を齧《かじ》ってしまったような表情になった。

「あれは……あのかたが、『キアーラ』って私のことを呼ぶから、なんだか『ごっこ遊び』のような気分になっちゃって」

憧れのフランチェスコとキアーラになって、少女は空想の世界に遊んでいたのだろう。子供好きなアレッサンドロは、そのお相手にさせられたのだ。

けれどあのとき、アレッサンドロがあんまり熱心にリタの相手をするので、亜季も少女の直感に興味を持った。

ねえ、このピースはどこにはまるの？　おねえちゃまにも教えてちょうだいな、キアーラ。

そして驚くべきことに、リタが示すピースとその納まるべき位置は、ぴたりと一致したのだ。

ほんとはあたしが、あそこまで上っていって、はめてあげたいの。でも届かない、あたしには。

だからおねえちゃま、お願いね。

フランチェスコとキアーラを、早くいっしょにしてあげて。

「まったく、恐ろしかったわ。コンピュータの分析より、あなたの直感のほうが当たってたんだから。パズルの天才少女、って感じだった」

リタはそっと首を横に振った。

「自分でも、わからなかったんです。でも、うんと小さな頃から毎日毎日、大聖堂であの絵を見続けて、何時間も過ごしてたから……地震の直後にも、なんだか言われたような気がして。『早く行って、神の家を修復しなさい』って」

「誰に？」

もう一度、黙って首を横に振る。

「それで、『神の家』に行って、これを拾ってきたわけね」

こくり、とうなずく。

「足の向くままにめちゃくちゃになった聖堂へ入っていって、手が伸びるままに拾い上げたんです。でも、私にはわかる。このピースの中には、もっとも重要な場面の一部だったものが、あります」

「だから、それを元に戻さないと……『フランチェスコを救い得ない』わけね」

　リタはまた、無言でうなずいた。

「『フランチェスコとキアーラ、ふたりが一緒になれる日も、永遠に訪れない』」

　今度は、うなずかなかった。亜季は真綿が敷かれたチョコレートの箱の中に視線を戻した。

　たった十個の、薄汚れた欠片。

　ドゥオーモの天井フレスコ画のほうが、壁面の「聖フランチェスコの生涯」よりもはるかに破損がひどかった。このピースも、天井画の一部であると考えたほうがよいのではないか。どちらにしても、最重要な文化財の欠片であることに変わりはない。

「ドゥオーモの絵の一部かしらね。あの修復は、欠損部分も多かったようだから」

　すべてのピースを元通りに戻すための、資金も人員も時間もなくなってしまったのだ。どうしても埋めきれない箇所を漆喰で固めて、「修復は完了した」と発表されていた。

「いえ、違います。わかっているんです。どの絵の、どこの部分か」

思い詰めた声色《こわいろ》で、リタが呟いた。

　そう言われたところで、すぐに信じるわけにはいかない。年季の入った修復家でも、３cmほどの欠片が正しくはめこまれる場所を瞬時に言い当てることなど不可能なのだ。

　リタの思い詰めた瞳をみつめながら、亜季は聞いてみた。

「アレッサンドロには……あなたが『フランチェスコ』って呼んでた、修復チームのリーダーには、いままで話さなかったの？」

　アレッサンドロは地震発生直後から丸三年、アッシジに詰めていたはずだ。その後もチームのリーダーとして、少なくとも去年まで、毎週現場に足を運んでいたに違いない。リタがこの「禁じられた遊び」を打ち明ける相手としては、自分よりもむしろ彼のほうがふさわしいはずじゃないか。

　ふと、リタの澄んだ琥珀色の瞳が、不安げに揺らめくのが見えた。亜季の質問には答えず、一瞬うつむいてから、リタはバッグの中から古ぼけた画集を取り出した。

『ジオット　アッシジ大聖堂　聖フランチェスコの生涯』と、イタリア語のタイトルが見える。もう何度も見返したのだろう、薄っぺらな表紙はぼろぼろに傷んでいる。栞《しおり》が挟んであった後ろのほうのページを開くと、リタは迷いなくカラー図版の上を指し示した。

「この絵です」

23　キアーラのフランチェスコへの最後の別れ

人差し指の先は、聖フランチェスコの遺骸《いがい》に別れを告げる、フランチェスコのもっとも敬虔《けいけん》な弟子、聖女キアーラの横顔に触れていた。

　フランチェスコさま、偉大なる父よ。
　今日から私は、あなたさまの仰せのとおり、清貧、貞節、従順の誓いを受け入れ、神の僕《しもべ》として、世俗のいっさいから身を引き、ただひたすらに、信仰のために、この身体と魂のすべてを捧げて参ります。

そのまえに、世俗の穢《けが》れを断ち切るために、ひとつだけ、告白をさせてくださいませ。

私がきのうまで「父」と呼んでいた、サッソ＝ロッソ伯ファヴォリーノは、私を会ったこともない男のもとへ嫁《とつ》がせようと準備をしておりました。その男がただ裕福というだけで、私の人生を絹織物と薔薇《ばら》とワインで満たすことができるという、それだけの理由で、私の未来を決めようとしていたのです。そこに、私という人間は存在しておりませんでした。キアーラと名づけられた十八歳の女性《にょしょう》があっても、魂はどこにもいなかったのです。

私は神に祈りました。売られていく憐れなこの肉体、サッソ＝ロッソ伯の娘というなんの意味もない容器《いれもの》を、どうか滅ぼしてください。そしてもしも、私の魂が泉の一滴であるならば、その御手で掬い上げてください。ただひたすらに、私は、私という肉体が滅びて、魂こそが神によって救われることだけを祈りました。

そんなとき、あなたさまのご説法を聞いたのです。

誰もいない道端で、穴だらけで悪臭を放つみすぼらしい布切れに身を包み、がりがりに痩《や》せた両手を中空に突き出して、あなたさまはこの世の万物、神が作りたもうたものたち、馬や牛や鳥や路傍の草花の一本一本に至るまで、すべてのものたちに向かって語りかけておられました。

「兄弟である鳥よ、あなたがたの造り主を誉めたたえなさい。なぜなら、あなたがたは小さく、か弱い。それなのに、こんなに澄んだ大気の中を自由に飛ぶ翼を、神はあなたがたに与えたもうたのです。あなたがたは種を蒔《ま》かず、刈り取ることもない。けれど神は、あなたがたをあらゆる心配事から解き放ってくださるのです。

どうしてこの世界から、目を逸《そ》らす必要があるのです？

ごらんなさい、世界は美しい。神がお作りになったもの、命あるものたちには、いかなる無駄もないのです」

父よ。あなたさまのお言葉が、私という容器の蓋を、静かに、けれどすっかり開けてくださったのです。小さな容器の底で縮こまっていた私の魂は、この世を隅々まで照らす光に触れ、喜びに満ち溢《あふ》れております。私はもはや、私という容器になんの執着もなく、あなたさまの仰せのとおり、粗末な衣服、パンくずと水、そして祈りの言葉のみを糧《かて》に、今日から生きて参ります。

フランチェスコさま。もしも私を、風前に消えてしまいそうだったささやかな魂の灯火《ともしび》を受け入れてくださるのであれば。

どうぞ、その証《あかし》に、私の髪を、その御手で切ってくださいませ。世俗の風の中、二度と再び、ちりぢりに乱れてしまわないように。


「アキ。君には、第二十三場面『キアーラのフランチェスコへの最後の別れ』を担当してもらう」

修復作業初日、ブリーフィングのときに、アレッサンドロからそう言い渡された。緊張の面持《おもも》ちで、亜季はそのミッションを受け止めた。

朝起きてすぐ、仕事のまえに聖キアーラ大聖堂へ行きたい、と思ったのが、不思議な符合のように感じられた。

壁画「聖フランチェスコの生涯」二十八連作の中の二十三番目、聖女キアーラが聖フランチェスコの遺骸に別れを告げる場面。

ほぼ全壊した天井画に比べると、壁画の損傷はまだましだったが、それでもあちこちに亀裂が走り、壁面が欠損している箇所も数えられる程度ではなかった。制作から七百年も経てば自然と劣化もする。ただでさえ空調もなく人の出入りの激しい聖堂内は、文化財を保護するのにふさわしい環境とは決して言えない。

　イタリアでは歴史ある教会や貴族の館には、いまもさまざまなフレスコ画が伝えられている。漆喰の壁に顔料を定着させて制作するフレスコ画は、中世以降、建築と命運を共にしてきた。建物さえ無事ならば、壁画も生き永らえる。そして、信者が点《とも》すロウソクのすすや後世の下手な修復などで、どうしようもなく傷んでしまったフレスコ画が数多くある。いったん修復しても、時間が経てばまた修復しなければならなくなる。修復家の仕事は、イタリアにこのような建築物が残り続ける限り、なくなることはない。

　しかし、修復とは決して楽な作業ではなかった。夏は蒸《む》し風呂、冬は冷凍庫の中のような現場。天井画であれば上を向き続け、壁面であれば立ちっぱなしで、長時間に及ぶ無理な体勢での作業。原画を損なわないように、細心の配慮をしなければならない。たとえ赤を強く、青を弱く出したくても、オリジナルに忠実に。修復家は、画家ではないのだ。

　この絵に、この部分に、ひと筆加えたい。そんな悪魔の囁きが、君たちにも聞こえる瞬間があるかもしれない。

あるとき、修復学の講義でアレッサンドロが言った。

その囁きに打ち勝つ強さを、僕たちは持たなければならない。なぜなら、修復家は、画家じゃないからだ。

もしも君たちの独創で、たったひと筆でもオリジナルの絵に加えられたとしたら。

それは、画家と歴史への冒瀆《ぼうとく》なんだよ。

「キアーラのフランチェスコへの最後の別れ」は、構図はジオットによるが、ほとんどが彼の弟子たちによって仕上げられたと言われている。足場に上って間近にこの絵を見た亜季は、それでもため息をもらさずにはいられなかった。

黄色い絹織物が敷かれた担架に、フランチェスコの遺骸が横たわっている。修道院から駆け出して、その遺骸にすがるキアーラ。

フランチェスコの顔は神々しい光輪《ニンブス》に包まれて、眠っているかのようだ。寄り添うキアーラの横顔。はっきりとは見えない。

もちろん悲しんでいるのだろうが、口もとの顔料が落ちてしまっているので、真実の表情はかくされている。不思議なことに、笑っているようにも見える。キアーラのかすれた顔に自分の顔を近づけて、亜季は長い時間、その箇所をみつめていた。

正午の鐘が、突き抜けるように鳴り渡る。続いて、遠くから聖キアーラ大聖堂の鐘の音が響く。

亜季はアレッサンドロと一緒に、近所のカフェテリアへランチに出かけた。

「フランチェスコが死んで、ほんとは嬉しかったんじゃないかな。キアーラは」

食後のエスプレッソに角砂糖を落としながら、そんなことを言ってみた。

「フランチェスコが生きてる限り、戒律で彼と過ごすことは許されなかったし。修道院の外へ一歩も出ることもできなかったんでしょう？　彼が死んで、これで自分もいつか死んだら、一緒になれる、って思ったんじゃないかしら」

アレッサンドロは、ふっと頬を緩めた。

「あの絵に向かいながら、そんなことを考えてたのかい？　よっぽど強いオーラを発してるんだね、ジオットの一派は」

これまでも修復作業中に、画家の魂が語りかけてくる瞬間はあった。「修復に携わっていると、必ずそういうことがある」と教えてくれたのは、アレッサンドロだった。けれど今回は、少し違う気がした。

「オリジナルの画家というよりも、キアーラ自身がそう言ってる気がする」

真剣な声で亜季が言うので、アレッサンドロはそれ以上茶化すのをやめた。

「中世の恋物語としては、秀逸だからね。フランチェスコとキアーラの、どこまでも精神的な結びつきは」

ティアーモって告白してキスして一緒になる王子様とお姫様ってわけじゃないからなあ、と神妙な顔でアレッサンドロが言うので、亜季のほうが噴き出してしまった。

「夫婦になって子供ができて家族をつくれば、そりゃあいちばん幸せなはずだけど。肉体的な、社会的な結びつきがなかったからこそ、あのふたりは永遠だったんだよな」

アレッサンドロは自分の説に、うん、とひとつうなずいた。少し伏せたまぶたの長い金色の睫毛《まつげ》を、亜季はしばらく黙ってみつめていたが、

「ロミーナは元気？　最近どうしてるの？」

思い切って聞いてみた。

ロミーナはアレッサンドロの妻で、寡黙なアレッサンドロとはうらはらに、ローマ出身の女性らしく勝気な性格だった。亜季やパオラに会えば、いつ離婚したっていい

のよ、と、アレッサンドロとの結婚生活の不満をぶちまけた。

あの人ったら、まるで役立たずなのよ。セックスは下手、弱い、その気もない。まだ四十前なのに、すっかり枯れてるんだから。

それに比べて、ジョヴァンニは最高。ああ、あたしのジョヴァンニ。必ず満足させてくれるんだから。一晩に、三回も、四回も。

ロミーナに年下の恋人がいることを、亜季の口からアレッサンドロに言えるはずもなかった。

新聞社に勤めるロミーナは、仕事で一年前にローマへ単身赴任し、別居状態が続いているはずだった。

アレッサンドロは、すぐに、「ああ、元気だよ」と返したが、そのあとに繋ぐ言葉を探しているようだった。亜季は、胸の底からふつふつと希望の泡が湧いてくるのを感じた。

ひょっとして、離婚、したのかな。

だとしたら、私……。

「実はね。子供ができたんだ」

思いがけない言葉が飛び込んできた。一瞬、突風にあおられた気がした。

アレッサンドロの顔は、ごく自然に輝いていた。

「そう。それは、おめでとう」

震えを抑えるように、亜季は両手でデミタスカップを包んで握りしめる。

「予定日は？」

「八月中旬」

「じゃあ、まだこっちね」

「ああ。でもローマから二時間だろ。通ったっていい。毎日、子供に会いたいからね」

その子、あなたの子なの？

残酷な言葉が喉元まで上がってくる。唾《つば》を飲みこんで、ぐっと口をつぐんだ。

アレッサンドロは腕時計を見ると、

「さあ、もう行かなくちゃ。君のキアーラが待っているよ」

明るい声で言った。亜季は返事をする代わりに、弱々しい微笑を浮かべてみせた。

冬の午後の陽射しが、石畳が盛り上がったまま放置された路地裏に薄ら寒く溜まっている。夏ならば強い光が満ち溢れて、町中が薔薇色のため息を吐いているような美しさに輝いているのに。

底冷えのする思いを静かに胸に抱いて、亜季は先を歩くアレッサンドロの背中を追った。

フランチェスコに出会っていなければ。悔恨が亜季の中に広がる。

そう、十六のとき初めてこの町を訪れて、ジオットという画家に、大聖堂の聖フランチェスコに出会った。あの瞬間から、この町へ、フランチェスコが愛した「兄弟の太陽」が輝く光の中へ戻ってくるために、私はどんな汚れた道も避けなかったのだ。

山城隆郎が学部長を務める、修復科のある芸術大学を受験する直前。求められるままに、あの男に身体を許した。罪悪感に、息も止まりそうだった。自分に備わっている武器を使ったのだ。当然なのだ、と必死に自分に言い訳していた。

そしてフィレンツェの名門修復研究所への留学。あのときも、あの男の後押しを、当然のように取り付けた。その代わりに、ふたたび自分を差し出した。

そうやって、私はフィレンツェへやってきた。こうして、アッシジへも。けれどそのどちらも、私とあの男との、薄暗い関係の上に成就《じょうじゅ》したことなのだ。

生きている限り、私とあの男は、どこかで繋がり続けてしまうのだ。どんなに遠く離れようとも、どんなに時間が流れようとも。

「死ねばいい」

大聖堂へ入っていくアレッサンドロの背中を眺めながら、亜季はひとりごちた。

誰に対して言っているのかわからなかった。けれど、死ねばいい、ともう一度呟いた。

あの男が？

ロミーナが？　生まれてくる子供が？

まさか、アレッサンドロが？

それとも、自分が？

嘲《あざけ》るような笑みがこみ上げてきた。

黄色いテープを越えて、聖堂内へ入っていこうとした瞬間。何か柔らかいものが、亜季の手に触れた。

ぎょっとして、振り向いた。

少女が立っている。いつもどこからともなく現れ、フレスコ画のパズルを言い当てる、あの不思議な女の子だ。亜季の手を、ぎゅっと握って離さない。

「キアーラ？」

と、亜季は呼びかけた。

「何かご用？　おねえちゃまは、これからお仕事なのよ」

少女は思い詰めたまなざしを、一心に亜季に注いでいる。亜季は吸いこまれるように、琥珀色の神秘的な瞳をみつめ返す。

Per favore lo completalo.――完成させて

どこからか、声がした。弱々しい笛の音《ね》のような、女の声。

瞬間、ぞっとするほど冷たい風が、亜季と少女の間を吹き抜けた。少女の長い金色の髪が、生き物のように舞い上がる。

あっ、と声を上げそうになった。

ふいに見えたのだ。少女の首の周りから立ち上がる、幾千匹ものか細い蛇《へび》が。

「あの絵、完成させて。約束よ」

舌たらずの声で少女が言った。亜季は無言のまま少女を見ていた。ちらりとよぎった幻影に、息も止まりそうだった。

少女はにっこりと笑いかけて、長い髪を揺らして広場を駆けていってしまった。

その日、亜季は、こっそりと計画書にはない作業を実行した。

亜季の持ち場には、もうひとりの男性修復家が上って作業をしていた。彼に背中を向けて、パレットに顔料をのせ、色を調合していく。微妙な肌色と、かすかな薔薇色を、亜季は作っていた。

もう少し、白い。キアーラは、貴族の娘。どんなに質素な生活をしても、透き通るような肌の色は、生涯変わらなかったはずだ。

もっとうっすらと、気高い薔薇色。キアーラの唇は、聖書の言霊《ことだま》を呟くためにだけ動いた。愛の言葉が囁かれることは、死ぬまでなかった。

いいえ。真実は、きっと違う。

フランチェスコ。あなたを愛しています。

最後の瞬間、唇はそう動いたのだ。彼女は、神に感謝したのだ。

フランチェスコの死が、彼と自分を完全にひとつにした。フランチェスコは、永遠に自分のものになった。

亜季は、体中が次第に歓喜で満ち溢れるのを感じた。震える手に、筆を握る。パレットの上の顔料を、筆先ですくう。

命が宿ったかのように、筆が動いた。

キアーラの口もとに、筆を走らせた。オリジナルの絵にはない、うっすらした微笑を、亜季の筆が書き添えた。

心臓が、猛烈に暴れた。作業着の胸を突き破って転げ落ちるのではないかと思うほど。

フランチェスコの亡骸にすがって、娘のようにあでやかに、キアーラが微笑した。

完成させて。

笛の音のような女の声、あどけない少女の声が、遠く近く、聞こえている。

その日の作業が終わりに近づいたころ、溶剤を筆で溶いて、亜季は自分の描いた微笑をキアーラの口もとから消し去った。

五時を告げる鐘が、聖堂を揺るがして鳴り渡る。

作業を終えたメンバーが、ぱらぱらと聖堂を退出していく。亜季は筆を握ったまま、正面入り口から外へ出た。青黒い空に、キアーラの鐘が木霊している。抜け出ていく魂を追いかけるように、亜季は凍った宵空《よいぞら》を仰いだ。


二週間後。

山城隆郎がアッシジを再訪する直前に、亜季はアレッサンドロに告げた。

その日限りで、プロジェクトを降りる、と。


古い画集のよれた表紙を閉じると、亜季は寂しげな微笑を浮かべてリタに言った。

「天才パズル少女の直感も、外れることはあるのね。残念、このピースは、『キアーラ』の部分じゃないわ。私があの二十三番の絵の担当をしていたの。細部まで覚えてるけど、こんな顔料は使っていなかった」

リタは嚇《おど》された小鹿のような目を亜季に向けた。

「ええ、覚えてます。あなたがあの絵のところにいたから、私、走ってお願いにいったんだもの。『助けてあげて、一緒にしてあげて』って。だからこそ、これを見てすぐにわかってくださると思ってた」

亜季はゆっくりと首を横に振った。

「どっちにしても、私にはどうすることもできないわ。あれから修復の仕事は、いっさいやってないし。どうしても、って言うなら、フィレンツェ国立修復研究所所長の、アレッサンドロを……あなたの『フランチェスコ』を、あらためて紹介するから」

そう言って、亜季はバッグから手帳を取り出し、一枚破って、アレッサンドロの連絡先を書き写そうとした。

「必要ないわ」

吐き捨てるように、リタが言った。

「さっきまで、一緒にいたんだから」

亜季は、顔を上げた。

会ったときは薔薇色の頬を輝かせていたのに、いまは透き通るように青白い顔で、リタは亜季を凝視している。唇は、泣き出す寸前のようにわなわなと震えている。そこから次に出てくる言葉が不吉なものであることを、瞬時に亜季は予感した。

「あたしは、キアーラなんかじゃない。この世で、あの人と結ばれたかったの」

かたかたかた、と、テーブルの上のチョコレートの箱が揺れる。リタの身体の震えだろうか、それとも、大地が揺れているのか。亜季は反射的に両手でテーブルを押さえつけた。

「奥さんと別れるって約束してくれたから……あたしが大学に入ったら、すぐに一緒に暮らそうって。息子だって、自分の子供じゃないから、あとはどうなったっていいんだって。そんな気、最初からなかったくせに」

言いながら、リタは、箱の中にはなかったこぶし大の欠片を、どこからか取り出した。なおもかたかたと揺れるテーブルの上に、ごとりと置かれた漆喰の欠片には、ねっとりと赤い塊《かたまり》がついている。亜季の視線は、そのひと色に吸い寄せられた。

どす黒いような赤。その滴《しずく》が、石片の表面を伝って落ちる。微笑の浮かぶ口もとが、微かにそこに描いてあるように、亜季には見える。

キアーラの微笑。

これで、一緒になれる。

永遠に。

遠く谷向こうから、サイレンの音が風に乗って上がってくる。

「あの絵を完成させて。あたし、そう言ったわよね？」

少女の長い金色の髪が、風の中でちりぢりに乱れて舞い上がる。そのか細い手が、ふたたび、テーブルの上の赤黒い欠片を握る。美しい聖画に対峙《たいじ》するかのように、亜季は息を止めた。振り上げられた欠片がまっすぐに落ちてきた。頭の中で鈍い音が弾けて、真っ暗になった。

大聖堂の正午の鐘が鳴り渡る。

それを追いかけるように、キアーラの鐘も、まもなく鳴り始めるはずだった。

オフィーリア　Ophelia

いまからお話しいたしますこと、あるいはあなたさまはお信じにならないかもしれません。

そうだとて、ごもっとも、致し方のないことでございましょう。なぜかといえば、わたくしがいまいるところ、それ自体が、あなたさまにとっては信じがたいところだからでございます。

ご覧になっていらっしゃるでしょう？　あなたさまは、いま、このわたくしを。

そうなのでございます。わたくしは、あなたさまがご覧になっている額縁《がくぶち》の中の絵、そこに封じ込められた女でございます。

憐れな女、わたくしはまさにいま、水中に沈みゆくところです。行き場をなくした両手を宙空《ちゅうくう》に彷徨《さまよ》わせ、虚《うつ》ろな眼差しは押し潰さんばかりに迫りくる青空に放たれています。青ざめた唇はかすかに震えながら最後の歌を口ずさみ、凍れる水の掌《てのひら》がわたくしの体を撫《な》で回し、白い薄衣《うすぎぬ》を纏《まと》わりつかせます。わたくしの体は、両《ふたつ》の乳房も下腹も腿《もも》のかたちも水面《みなも》にくっきりと浮かび上がり、やがて池底の泥の褥《しとね》に横たわるところです。

　おや、目をお逸《そ》らしになるのですか？　うぶなお方ですこと。よろしゅうございますよ、とくと、もっとお近づきになってご覧いただきましても。わたくしはこうして死にゆくその瞬間を、画家の絵筆によって永遠に留められてそれきりそのまま、こうしてあなたさまの目の前に掛かっているのですから。

　わたくしがこの画廊のショーウィンドウの壁に収まりましてから、もうどれほどの歳月が経《た》ったことでしょうか。もとより、画中に閉じ込められてしまったわたくしには、もはや時の流れというものはございません。よりにもよって、あとひと息でわたくしの肺は呼吸するのを諦《あきら》め、代わりに滂沱《ぼうだ》として水が喉《のど》に押し寄せ体内に一気に流れ込む、まさにその刹那《せつな》こそがわたくしにとっての永遠となりました。過去もなく、未来もない。わたくしはただただ、あとひと息で命が絶える、その瞬間を生き続けているのです。いったいどうして、こんな苦しみがありましょうか。わたくしは、この憐れな女を地獄の苦しみから救ってくださるお方を探して、探し続けているのでございます。さりとて外へ出かけるわけにはまいりません。わたくしの目の前に現れるどなたかが、絵画という名の恐ろしい呪縛《じゅばく》を解いてわたくしをこの狭苦しい額縁の中から救い出してくださる、さすればわたくしは喜んでその方のものになりましょう。そう願い続けているのでございます。

　わたくしにはもう感じられなくなってしまいました長いながい歳月のあいだには、わたくしの声なき声が絵を見る方のお耳に届くことがごくまれにございます。そう、まさしくあなたさまがいま、わたくしの声に尊い御耳《おんみみ》を傾けてくださっているように。わたくしがどれほどそのまれなる瞬間を逃すまいと必死になっているかおわかりいただけますでしょうか。どうか決して御目《おんめ》を、御耳をお逸らしになりませんよう。いいえ、決してそうはさせません。思い出すのも総毛立つ、おどろおどろしく、禍々《まがまが》しく、一度聞いたら決して忘れられぬこの物語を聞いてやってくださいまし。

　わたくしがあの男と初めてまみえたときのことを、いまなおよく覚えております。
わたくしはすでに絵の中の囚《とら》われ人となっておりました。そうして、とある街角の画廊のショーウィンドウの中の壁に掛けられ、往来に向かって瀕死《ひんし》の姿を晒《さら》しておりました。あの街は、ロンドン。煙れる大都会です。テムズ河沿いの工場からはいく筋もの煤煙が濛々《もうもう》と立ち上り、霧深い曇りの日は一層どんよりと淀んだ灰色が街を覆《おお》い尽くしておりました。

ショーウィンドウにわたくしが入れられたのは、冬の初めでございました。ええ、間違いはございません。街を歩く紳士が外套《がいとう》を着込み、ご婦人方は毛糸編みの肩掛けを着けていらっしゃったのをはっきりと覚えているからです。ガス灯が灯る時間が次第に長くなり、朝になれば荷車をひく馬の口から白い息が勢いよく吐き出されていました。焼き栗を売る鉄板からは青白い煙が上っていました。

どなたか、どなたか。ああ、お願いでございます。わたくしをここから連れ出してくださいまし！

道ゆく数多《あまた》の人々のうち、どうにかただひとりだけでも聞きつけてくださるように、わたくしは声なき声を必死に張り上げておりました。けれど、絵の中で溺《おぼ》れゆく女の悲惨な声は空耳にすらも聞こえぬ様子。わたくしは日々絶望を新たにし、いっそう苦しみ悶《もだ》えるほかはありませんでした。

ある日のこと。ふと、ひとりの男がショーウィンドウの前で足を止めました。山高《やまたか》帽《ぼう》を被った、背の低い、鼻の低い男です。突き出た口と飛び出た頬骨、窪《くぼ》んでしょぼしょぼとした小さな目。容貌《ようぼう》はどこかしら猿に似ています。唇だけが奇妙に赤々と血の色を呈し、ぬらぬらと気味悪く濡《ぬ》れています。あとからわかったことですが、男は日本人の画家で、ロンドンに遊学中、偶然画廊の前を通りかかったのでした。

引き寄せられるようにショーウィンドウに近づいてくると、男はガラスに平べったい顔を寄せて中を覗き込みました。一重《ひとえ》瞼《まぶた》の内側の黒い目が舐《な》め回すようにわたくしを凝視しています。わたくしは怖気《おぞけ》立《だ》ち、思わず叫び声を上げました。――おお、なんという卑猥《ひわい》な目。やめて。見ないでくださいまし！

もとより男はわたくしの声を聞きつけて、ショーウィンドウに近寄ったわけではありません。絵の中で溺れかけている女が不躾《ぶしつけ》な眼差しによってさらに苦渋を強いられているなどと、どうして想像できましょうか。獲物を狙う蛇《へび》の如《ごと》く邪悪な目をわたくしに向けたまま、男はなかなか立ち去ろうとはしませんでした。

そのままどれくらいの時が経ったでしょうか。男は意を決したかのようにきゅっと突き出た口を固く結ぶと、重たい画廊の扉を開けて中へと歩み入ったのでした。

まもなくしてわたくしはショーウィンドウの中の壁から外されて、画廊の中へ運ばれて行きました。テーブルの上に寝かされ、真上にあの男の顔が見えました。男は覆い被さるようにして顔をわたくしに接近させ、あの蛇のような目で隅から隅までじっくりと見回しました。あまりの恐怖にわたくしは喉が引きつり声も出せません。

——美しい、と男は訛《なま》りの強い英語でつぶやきました。どうやったらこんな美しい絵を描けるのだろうか、と。

恍惚《こうこつ》の表情が男の顔に浮かびました。惚《ほう》けたように半開きになった口もとに煙草《たばこ》の脂《やに》で黄ばんだ歯が覗いています。わたくしは戦慄《せんりつ》しました。汚らしい歯の間から、涎《よだれ》がひとすじ、ついと溢《こぼ》れ落ちてわたくしの乳房の上に滴《したた》ったのです。

わたくしは気を失いました。それっきり、しばらくのあいだの記憶はございません。

長い空白から蘇ってうっすらと目を覚ましたとき、わたくしは薄ら明るい部屋の一隅に据《す》えられておりました。

目の前に、ひとりの少女が佇んでいました。歳のころは十五、六でしょうか。なんとも例えようもなく美しい方。切れ長の凜《りん》とした目は黒曜石《こくようせき》のように輝き、陶磁器の如く艶《つや》やかな白い肌、頰は五月に咲く薔薇《ばら》の花びらのよう。ふっくらとした唇は半ば開いて、真珠の粒のような白い歯が見えています。豊かな黒髪をたっぷりと結《ゆ》い上げて、色とりどりの花模様を散らした紺《こん》地の着物を着ていました。いつだったか挿絵付き雑誌か何かで見たことのあるその装いは、日本の子女のもの。わたくしはどうやら、はるばる海を渡り、遥《はる》かな異国、日本へ到着していたようでございました。

少女は束の間わたくしを見据えて、堪《こら》えきれないように顔を逸らしました。わたくしだとて同じ気持ちでございました。かように若く美しい方の眼前に裸体同然のあられもない姿を晒して、どうして平気でいられるはずがありましょう。少女はわたくしの前から離れると、窓辺へ歩み寄り、物憂《ものう》げに俯《うつむ》きました。

その部屋には煉瓦《れんが》造りの暖炉《だんろ》が据えられ、革張りのソファと椅子、マホガニーのテーブルが置かれてあります。天井には煌《きら》びやかなシャンデリアが吊《つ》るされて、鎧戸《よろいど》が付いた窓には天鵞絨《ビロード》の深紅のカーテンが重たげに下がっておりました。窓の向こうには薔薇園が広がっているのでしょうか。確かめようはなくとも瑞々《みずみず》しい白薔薇の香りが室内に漂っておりました。

目覚めたばかりゆえ光の眩《まばゆ》さで気がつきませんでしたが、こちらに背を向けて椅子に誰かが座っていました。煙草の紫煙がゆったりと立ち昇っています。その人は立ち上がってこちらを振り向きました。わたくしは思わず身を硬くしました。あの男――ロンドンの画廊のショーウィンドウからわたくしを連れ出したのは、誰あろう、あの野卑《やひ》な風貌《ふうぼう》の日本人画家だったのです。

「どうだ。すばらしいだろう」と画家は、わたくしに向かって微笑《ほほえ》みかけながらそう言いました。

「この絵をみつけたときは、これだったのかと俺は思ったものだ。わざわざロンドンまで出かけたのはこの絵のためだったのだと」

少女は青ざめた顔を俯けて黙ったままです。窓からの光で彼女の顔はシルエットになっておりました。その輪郭が細い金色で縁取られ、聖画のような厳《おごそ》かさがありました。

コツコツとドアをノックする音が響き、「入れ」と画家が応えると、着物姿の女中らしき女が現れました。

「大殿《だいでん》さまがお見えでございます」

「もうお見えになったのか」画家は驚いて言いました。

「随分と早いご到着だな。おい、出て行きなさい。早く」

画家は苛立《いらだ》たしそうに少女に命じました。少女が足早に部屋を出て行こうとしたちょうどそのとき、大柄の男が威勢よく入って参りました。ふたりは出会い頭にぶつかりそうになって、少女は咄嗟《とっさ》に身を捩《よじ》り、よろけて倒れそうになりました。すると男の後ろから付いてきた供の者らしき青年がその体を支えたのです。

「大丈夫ですか」

青年に声をかけられた少女は、黒曜石の瞳を向けてほんの一瞬、青年と視線を交わしました。そしてすぐさま逃げるように廊下を走り去ってゆきました。

大柄の男は無言でその様子を見ていましたが、画家の方へ振り向きました。画家は彼に向かって床に体を投げ捨てんばかりに低頭し、顔中の皺《しわ》を集めて愛想笑いを作って見せました。

「これは大殿さま、わざわざご足労いただきまして、光栄のいたりでございます。この度の英国渡航への寛大なるご支援、誠にありがとうございました。帰朝のご報告、当方より参上申し上げてお伝え差し上げるべきところを……」

「ああ、よいよい、お前はいつも話が長すぎる」大殿と呼ばれたその男は、画家の口上を遮《さえぎ》りました。

「今日は、お前がロンドンでみつけてきたという絵を見に来たのだ。お前の話など聞きたくもない」

「これは大変失礼をいたしました」と画家は、ぞんざいな男の態度に気を悪くするでもなく、にこやかに受け応えました。

「すぐにもご覧いただけますように、イーゼルに置いてございます。さあ、どうぞこちらへ」

ところが男は画家の言葉をまるで聞き流して、暖炉の前のソファにどさりと腰を下ろしました。そして唐突に、

「あの人は誰なのだ？」

と尋ねました。

「いま、出て行ったあの人は？」

画家は「これは大変失礼をいたしました」ともう一度言って、

「私の娘でございます」

そう答えました。これにはわたくしも心底驚いたものです。――あの美しい方が、
この男の娘ですって？

「ほう」男はさも驚いたように目を見開きました。

「お前に娘御がいたとはな。初耳だ。随分ときれいな人ではないか」

「恐れ入ります」

「いくつなのだ」

「十六になったところでして……」

「いい年頃だな。貰《もら》い手はあるのか」

「それは……」

「あるだろうな。あれほど美しければ」

「いいえ。あの子はどこへもやるつもりはございません」

「なぜだ」

「私の助手をしておりまして、私の意のままに絵の具の調合も筆の手入れもやってくれるものでございますから。あれがいないと、私の仕事は捗《はかど》らないのでございます」

「ほお」と男は、不敵な笑みを浮かべました。

「では私がいままで買い上げてきたお前の絵のすべては、娘の手助けあってのものだったというわけか。道理でどれも美しいわけだ。お前のような醜男《ぶおとこ》が何ゆえあれほどまでに天上的な美しさをたたえた絵を描くことができるのか、その一点がどうしてもわからなかったのだが……そうか。謎が解けたぞ」

男は勢いよく立ち上がりました。そして、彼の背後に佇んでいた供の青年に「帰るぞ」と告げました。画家は驚いて、

「お帰りになられるのですか。ロンドンより持ち帰った絵をご覧いただいておりませんが」

「絵など、もうどうでもよい。もっとよいものを見られたからな」

男は快活《かいかつ》に応えました。そして、信じがたいことを言い放ちました。

「お前の娘。あの人を私の妻にする」

そして男は、画家の娘を我がものにしたのでございます。

画家の娘があの男、大殿のもとに嫁いでからまもなく、わたくしは画家の画室《アトリエ》へと運び込まれ、イーゼルの横の壁に掛けられました。

毎朝、画室へ入ってくると、画家はまずイーゼルの前の椅子に腰掛けます。そして虚ろな、あのロンドンの灰色の空よりもどんよりした目で壁のわたくしを眺《なが》めるともなく眺め、いくたびもため息をつくのです。そして独り言が始まります。

「ああ、なぜだ。なぜあの子があんな野蛮な男に嫁がなければならなかったのだ。なんでも金で買えると思っているあの成金め。婚礼支度金だと、見たこともないような札束の山を届けやがった。どうして俺はそれを受け取ってしまったのだ。どうしてあの子を差し出してしまったのだ。ああ、どうして……」

おお嫌だ、とわたくしは呆《あき》れて、耳を塞《ふさ》ぎたくなります。娘がいなくなってからというもの、画家は毎日まいにち、嘆きの言葉と呪いの言葉を交互にわたくしにぶつけてきます。ただでさえ苦しみの呪縛から逃れられずにおりますところに、さらに恨み言の礫《つぶて》がのべつ幕なしに飛んでくるのです。わたくしは我が身を呪いました。生まれた国を遠く離れて異国に連れられてきた上に、この先ずっとこの半狂乱になった画家の恨みつらみの罵詈讒謗《ばりざんぼう》に付き合い続けなければならないのでしょうか。
耐え難い。いっそ、いっそ殺してほしい。そう願わずにはいられないほどの艱苦《かんく》です。

わたくしの声なき声が届いたのでしょうか。ある夜、画家は鋭く光るものを手にしてわたくしの前に現れました。その震える手に握られていたのはナイフでした。

ああ、ついにこの時が訪れた。わたくしが囚われている絵がこの世界から消滅するその時、ようやくわたくしは無限の重苦から自由になれるのです。わたくしは水底《みなそこ》に沈みかけた体を差し出すつもりで、凍れる四肢《しし》の指先、水面に広がる長い髪、その毛先の一本一本にまで、全神経を集中させて、鋭く光る凶器がまっすぐに突き刺さってくるのを待ち受けました。

低い唸《うな》り声を喉から漏らして、画家が襲いかかってきました。ところが、ああ！ナイフが刺し貫いたのはわたくしの胸ではなく、イーゼルの上に据えられていた何も描かれていない真っ白な画布《カンヴァス》だったのです。

殺されなかった。その絶望ゆえ、わたくしの意識は遠のきました。その刹那《せつな》、夜の帷《とばり》を切り裂くような女の叫び声が聞こえた気がいたしました。あれはいったい誰の声だったのでございましょう。画布がめちゃくちゃに切り裂かれる音だったのか、わたくし自身の声だったのか。あるいは、憐れな娘が夫に伽《とぎ》をさせられて、夜な夜な上げる悲痛な叫び声だったのかもしれません。

その次に目覚めた時、わたくしはあの画家の画室ではなく、見知らぬ部屋の壁にひっそりと掛けられておりました。

薄暗い室内。四方にある窓は鎧戸で閉ざされ、わずかな隙間から白い光が漏れています。真昼の光が遮られた部屋には寝台《ベッド》があり、その上でふたつの白い裸体が絡《から》み合っている輪郭がうっすらと見えました。上に被さった男が逞《たくま》しい体を激しく揺すり、その度にぎしぎしと軋《きし》む音、そのリズムに合わせるようにして、細く甘美な女の喘《あえ》ぎ声が聞こえてきます。男女の睦《むつみ》合《あ》いを見たのは初めてのことでございました。お恥ずかしいことですが、わたくしはその様子に釘付《くぎづ》けになり、水に浸されて冷え切った我が身の芯《しん》がじんと熱くなってくるのを感じておりました。

男の呻《うめ》き声と女の喘ぎ声が次第に高まり、やがてともに獣《けもの》のような声を発したかと思うと、一気に静まり返りました。動きも呼吸も急に止まったので、ふたりして死んでしまったのかと思ったくらいです。それが「果てる」ということだとは、わたくしの体は知らないままでございましたから。

「……怒っていらっしゃいますか」

ややあって、男の低く優しげな声が聞こえてきました。どうやら生きているようです。

「いいえ」と女の吐息混じりの声。「あなたとこうなりたいと、ずっと思っていたんですもの」

「私もです。もうこれで思い残すことはありません。たとえ、命を失おうとも」

「そんなことをおっしゃらないで。あなたがいなくなったら、私も生きてはいけません」

「奥様。あなたはどうかいつまでもお元気でいらしてください。私は死んでも奥様のことを忘れません」

男は立ち上がると、床に散乱した衣服を拾い上げ、急いで身につけました。女はシーツを胸に被せて起き上がりました。

「お願い。行かないで」

「旦那さまが帰ってくる前に……行かなければ」

「ね、お願い。どこか遠くへ逃げましょう、ふたりで。私は夫の顔をもう二度と見たくないの。あんな獣のような男。なんでもお金で買えると思って……夫はお父様から奪ったのよ。娘の私も、そこの壁に掛かっているあの絵も……。でも、信じてちょうだい。お父様はあの絵を売って得たお金で、私とあなたを英国へ逃がそうとしてくださっているのよ」

その女は、画家の娘、大殿の妻だったのです。そして、相手の男は――。

と、その時。

荒々しい音を立ててドアが開きました。さっと流れ込んだ光が振り向いた男の戦慄する顔を照らし出しました。その顔にわたくしは見覚えがありました。大殿が画家の娘を見そめた時、あの男の背後にいて、よろめいた娘を抱き止めた――供の青年。そして、開いたドアの向こう側に立っていたのは、誰あろう、大殿でした。

娘の顔が恐怖で引き攣《つ》りました。青年はその場に立ち竦《すく》みました。大殿がゆっくりと青年に近づきます。その背後には屈強な大男が従っておりました。手には何か長いものを持っています。ロープのようなものを。

青年の目の前に立つと、大殿は低い声で呟《つぶや》きました。

「――殺《や》れ」

大男がいきなりロープを青年の首にかけました。わたくしは金切り声を上げました。娘は凍りついて声も出せません。瞬《またた》く間に絞め上げられた青年は、口から泡を噴いて、ひくひくと体を震わせ、それっきりでした。


さわさわと風が草木を揺らす音を耳にして、わたくしは目覚めました。

わたくしがいるところ。芳《かぐわ》しい花々が咲き乱れ、鳥たちが囀《さえず》り、蝶《ちょう》が舞い飛ぶその場所は、楽園かとみまごうほど美しい庭園でございます。長らくさまざまな室内の壁やイーゼルに据えられてきたわたくしにとって、燦々《さんさん》と陽光の降り注ぐ屋外に置かれたのはそれが初めてのことでございました。

とうとう天国へ来たのでしょうか。とすれば、わたくしはもう自由の身のはず。ところが相変わらず、わたくしの体は冷たい水面に横たわり溺れかけたままでございます。さらに目の前にはもう二度と見たくもなかった醜い顔、あの画家が立っているではありませんか。

わたくしは慄然《りつぜん》といたしました。これはもはや無間《むけん》地獄。何度逃げ出そうとしても、必ずやまた引き戻されてしまう運命なのでございます。

「お前の望みをこれより叶《かな》えてやろう」

野太い声が聞こえてきました。見ると、画家の背後に蔓薔薇《つるばら》を纏《まと》った白亜の西洋風東屋《ガゼボ》が建っており、その中の一段高いところに玉座のような椅子が据えられていて、そこにあの男、大殿がゆったりと座しております。いったい何が始まるのでございましょうか。

「お前の目の前にあるその絵。英国の戯曲家、シェークスピアの戯曲『ハムレット』の登場人物、オフィーリア姫を描いた絵だということだな。失恋と父親の死に絶望した姫君が、狂った挙句、川に身を投げ、水底に沈みながら歌を口ずさみ、死にゆくその刹那を描いた傑作だと。間違いなかろうな？」

「はい」青ざめた唇を動かして画家が応えました。「間違いございません」

「父の画室に掛けられていたこの絵をどうしても欲しいと、私は妻に頼まれたのだ。お前の娘に」大殿は言いました。

「だから私はお前が欲しいというだけの金を積んでお前から買い取った。お前の娘が密通した男と駆け落ちできるくらいの十分な金をな……」

　画家は震える手に絵筆を握りしめておりました。彼の目の前にはイーゼルがあり、真っ白い画布が架けられてあります。その隣のもうひとつのイーゼルに、わたくしが虜《とりこ》となっている絵が据えられてあったのです。

「私はお前に新たな絵を注文した。同じ画題で、そこにある『オフィーリア』をはるかに凌《しの》ぐ傑作を描いてみよと。しかしお前はこう応えた。『私は見たことのないものは描けません。溺死《できし》する女を見たことがないので、ご要望は受けかねます』と。だから私は言ったのだ。『では、溺死する女を見ることが叶えば、描けるのだな？』お前は答えた。『もちろんです。見せていただけるのでしょうか？』」

　画家は唇を噛《か》んで言葉が溢れ出そうになるのを必死に堪えている様子。大殿は不敵な笑みを口元に浮かべました。

「とくと見ろ。――溺死する女を」

画家の前には大きな池がございました。杜若《かきつばた》、沢瀉《おもだか》、水雛罌粟《みずひなげし》、花菖蒲《はなしょうぶ》、池の淵には色とりどりの花々が咲き誇っております。水面には白や紅色の睡蓮が夢見るように顔を綻《ほころ》ばせて浮かんでおります。そして、そのさなかに――睡蓮の花々に縁取られるようにして水のおもてに揺蕩《たゆた》っているのは――ああ、あれは――画家の娘だったのでございます。

もはや正気を失った娘の貌《かお》は虚ろ、焦点を失って澱《よど》んだ目、血の気の失せた白い顔は睡蓮の花さながら。唇は恍惚と半ば開き、そこからは絶望の恋の歌が漏れ聞こえてきます。ゆっくり、ゆっくり、時が止まる。静かに、静かに沈んでゆく。悲しく、残酷な、これ以上ないほど美しい瀕死の瞬間。

その瞬間、画家の面持ちに不思議な光が差し込みました。画家は絵筆を握り直すと、目にも止まらぬ速さで画布に目の前の光景を写し始めたのでございます。

まさにいま、水中に沈みゆく女。行き場をなくした両手を宙空に彷徨わせ、虚ろな眼差しは押し潰さんばかりに迫りくる青空に放たれている。青ざめた唇はかすかに震えながら最後の歌を口ずさみ、凍れる水の掌がその体を撫で回し、白い薄衣を纏わりつかせる。彼女の体は、両の乳房も下腹も腿のかたちも水面にくっきりと浮かび上がり、やがて池底の泥の褥に横たわるところ。その全てを見逃すまいと、描き漏らすまいと、いつしか画家は火の玉になり、青白い燐《りん》を燃やして、人魂《ひとだま》と化していったのでございます。

見事、沈みゆくオフィーリアの傑作を仕上げたその翌日、画家は自らの命を断ちました。

画家の行為は、あるいは最後の親心だったのかもしれません。娘が死なずにすむ、たったひとつの方法を彼は心得ていたのですから。

それはすなわち、絵にすること。絵の中に閉じ込め、永遠を生きさせること。

こうしてわたくしはいまなお死の直前の一瞬を生きているのでございます。

お待ち申し上げておりました。こうして画廊のショーウィンドウの壁に掛かって、尊い御耳を傾けてくださるあなたさまの到来を。

いまがどの時代で、ここがどこなのか。いったいわたくしは何者で、あなたさまがどなたなのか。もはやわたくしにはとんと見当がつきません。

しかし最近、ようやく少しずつわかってきたところでございます。それこそが永遠を生きている証拠なのだと。

向日葵《ひまわり》奇譚　Strange Sunflower

――燃焼する天空の下に彼の絵も亦炎となつた。

阿部《あべ》次郎《じろう》「ゴオホの藝術」より

舞台の上にひまわりが咲いている。

背の高いひまわりだ。人間の背丈をはるかに超えて、怪物めいている。黄色い花弁に縁取られた茶色く焦《こ》げた顔を少し下に傾け、うなだれているように見える。

その傍《かたわ》らに、フィンセント・ファン・ゴッホが佇《たたず》んでいる。ゴッホを演じる俳優、山埜《やまの》祥哉《しょうや》である。

山埜はもともとシンガーとして芸能活動を始めたのだが、とある映画で助演した役が当たり、その後俳優に転身して頭角を現した。いまでは出演作品が何本も公開待機する超売れっ子である。演技には定評があり、どんな役でもこなす。器用で、しかも個性的な役者だと映画界でもすこぶる評判がいい。しかし映画出演で忙しすぎたからか、舞台に出演するのはこれが初めてのことだった。

私が担当する脚本《ホン》の構想はもともとあったのだが、キャスティングが正式に決まってから書き始めた。頭の中で山埜祥哉のゴッホは実によく動いてくれた。

「山埜君ほどの役者が、舞台は初めてとはね。意外だなあ」

初顔合わせとなった台本の読み合わせのとき、私が本心からそう言うと、山埜は長髪の頭を搔いて、

「いやあ、舞台、なんかおっかなくて。僕、役に入っちゃうと、何をしでかすかわかんないんですよ。舞台ってライブじゃないですか。それやっちゃったら、ヤバいんで」

はにかんだような笑顔で応えていた。

「いいじゃない。役に入っちゃうんなら、よっぽど演劇向きなんじゃないの？」

私が返すと、

「どうでしょう。どうなのかなあ」

しきりに首を傾《かし》げている。どこか純朴《じゅんぼく》な感じが人気の秘密なのだろう。

帰りぎわに玄関前で一服していると、舞台監督の棚田庸平《たなだようへい》と一緒になった。私たちはタバコをくゆらせながら雑談した。さて行くか、と携帯用灰皿をポケットから取り

出し、火を揉《も》み消したところで、

「ね、塚本《つかもと》さん。山埜君がさっき言ってたあれ、ほんとですよ」

ひそひそと棚田が言った。え？　と私は返した。

「あれって？」

「だから、さっき塚本さんのとこへ山埜君があいさつにきたとき、言ってたことですよ。俺、塚本さんのすぐ後ろにいたもんで、聞こえちゃったんだけど」

山埜はものすごい取材力で、演じる役柄になりきるために、台本にある行為と同じかそれに近い体験をしてみるのだという噂があるらしい。私は、へえ、と感心の声をもらした。

「役者の鑑《かがみ》だね、そりゃあ」

「でもないですよ。だって、不倫する男の役やるなら不倫するわけだし、盗人《ぬすっと》の役なら盗みを働くわけだし、殺人鬼の役なら人を殺すわけだし……」

私は一笑に付した。

「だったら、カリギュラを演じるには臣下を殺し、ハムレットを演じるなら復讐をするってこと？　すごいね、気合入ってるな」

そんな噂が立つほど役に入っていくと周囲に思わせる力量が彼にある証拠だ。もってこいじゃないか――と私はほくそ笑んだ。

脚本家である私は、役者としてブレイクするまえから山埜に注目していて、彼に当て書きをしてでもいい、なんとか私の作品《ホン》の主役に口説けないかと密かに模索を続けてきた。

ある劇場の企画会議に招《よ》ばれたとき、今度ゴッホの話を書いてみたいんだよなあ、と言ってみた。それで主演を山埜祥哉にオファーしてほしいんだけど……。

劇場の反応はちょっと引くくらいよかった。「ゴッホ」と「山埜祥哉」がプロデューサーの胸算用にピタリと合ったらしかった。山埜祥哉が初挑戦の舞台で、あの狂気と悲劇の画家ゴッホを演じる――これは大当たりでキマリです！　とプロデューサーはひどく興奮して、すぐにこの企画を通してしまった。

私はちょっと言ってみようかと思いつきで口にした企画に、まさか劇場が食いついてきたので、実際焦《あせ》った。なぜなら、私はゴッホのことなど詳しくは何も知らなかったのだ。

ただなんとなく、プロデューサーが言った通り、狂気と悲劇の画家である、つまり演劇性に富んだ素材であるという認識くらいしかなかった。

　生前は評価されずに、世をはかなんで自殺したとか、ゴーギャンとふたりで暮らすうちに仲違《なかたが》いして半狂乱になり、耳を自分で切り落としたとか、そういうセンセーショナルな事件に灰色に塗り潰された人生を送った画家。どこか陰のある、純朴で、貧しくて、感覚的な男。——そんなゴッホは、いまや日本に多くのファンを持ち、世界で最も有名な画家となっていた。

　日本の企業が、バブル時代に何十億円もの巨額で彼が描いた「ひまわり」の絵をオークションで落札したこと。そういう皮肉的な事象が、生前の恵まれなさとのギャップからいっそうゴッホの知名度を高めている。そう私なりに漠然と解釈していた。

　その程度の知識でゴッホに挑むことが決まってしまった。しかしほとんどの場合、ホンを書くきっかけは、そんなふうにちょっとした事故のように突然降りかかってくる。つまりは思いつきだ。インスピレーションという名の。

　今回のインスピレーションの源は山埜だった。

　何年かまえの映画の中で、彼はアスペルガー症候群の天才ピアニストを演じて、それで国際映画賞の主演俳優賞にノミネートされ、大きな話題になった。どうやって演じたのか、その背景を調べてみると、世界的な日本人ピアニストに二年間かけて徹底的に指導を受け、それまでピアノのキーに触ったこともなかったのに、弾いている場面は実際に彼自身によるものだったと知った。この役者に狂気と悲劇の画家・ゴッホを演じさせたらさぞかし話題になるだろう。

　思いつきが実現することになって、ようやく私はフィンセント・ファン・ゴッホという画家について調べ始めた。そして、これは大変なことになったぞ、と気がついた。

　調べれば調べるほど、ゴッホという画家は底なし沼のように私を深くねっとりとその世界へ引きずり込んだ。

　十九世紀という時代が彼の斬新《ざんしん》さを認めなかった——というか、彼の描く絵があまりにも先を行きすぎて時代が追いつけなかった、ということが次第にわかってきた。しかし、時代を超えた斬新性はいったいどこから来たものなのか？　実は未来人だったとか。それって演劇っぽいかもな。いやいや、そんなことにしたらせっかくの山埜祥哉主演が台なしだ、ＳＦコメディじゃないんだから……。

　結局のところ、ゴッホを狂気に追いやったものがなんだったのか、肝心なところがはっきりしないまま、私は脚本を書き上げた。演出家と協議を重ね、削ったり足したりの改稿を経て、決定稿が完成した。

台本の表紙には、〈ひまわり〉と演目のタイトルが刷られていた。単純すぎるかとも思ったが、結局それ以外にふさわしい題名を思いつかなかった。

奇妙な写真《データ》を手に入れた。

モノクロームの古い風景写真である。いや、風景写真とは言えない。山も森も海も夕景も街角も、何ひとつ「絵になる」風景は写されていないのだから。ただ、外国というのはわかる。鄙《ひな》びた建物がそっけなく写っていて、その壁にフランス語で「ワインレストラン」とペンキで書かれているのがうっすらとだが確認できる。

三人の男の姿が写っているから、これはむしろ肖像写真と言ったらいいのだろうか。――いや、それも違う。ひとりの男は舗装《ほそう》されていない道に佇んでいるが、たまたまそこを通りかかったように見える。写真を撮るとき偶然写り込んだのだろう。この写真に主人公がいるとすれば、それは右手に写っているふたりの男のほうだ。

男たちは、川っぺりに持ち出した背もたれ付きの椅子に座って、何やら熱心に話し込んでいる様子である。ふたりは向き合っていて、ひとりはこちらへ正面向きに座り、何か説明でもしているのだろうか、しゃべっている最中だ。そしてもうひとりの男は後ろ姿で、完全にこちらに背を向けている。黒い帽子、黒いコート、ズボン。もっさりとした背中。べつだん、誰だということもない。その辺にいるふつうの人という印象だ。画面の真ん中にはすっかり葉を落とした細い街路樹が突っ立っていて、画面をすっぱり右と左に二分割している。

　構図も何もない、何を撮っているのかわからない、つまらない写真だ。

　舞台の稽古初日を一週間後に控えたタイミングで、ベテランの舞台美術家、須《す》藤《どう》瑛《えい》二《じ》が私のもとへやって来て、こう言った。

「なあ塚もっちゃん。ゴッホって何十点も自画像描いてるじゃん？　だけど画家になってからの写真って、一枚も残されてないんだってさ。知ってた？」

　私は首を横に振った。

「そうなんですね。知らなかったな」

　須藤はニヤリと意味深な笑みを浮かべた。

「参考画像をネットで探してて、俺もそれ初めて知ったんだけどさ。だけど一枚だけ『これは画家のゴッホを写したものだ』って研究者のお墨付きの写真があって……後ろ姿なんだけどね。興味ある？　メールするよ」

　そうしてメールに添付されて送られてきたのが、くだんの写真というわけである。

　——これがゴッホ？

　第一印象はそういう感じだった。あの自画像の中の微妙に狂気を含んだ眼光鋭い人物の、これがその後ろ姿だと言われても……。

　いや、後ろ姿だから、どんな表情をしているのか。眼光鋭いのかも知りようがないけど……。

　こっちを向いて「熱弁」している様子の男は、須藤によれば、ゴッホの友人の画家、エミール・ベルナールなのだそうだ。懸命な表情からうかがえるのは、談笑しているというよりも、何かを諭《さと》しているかのような。

　友の前で黒い岩のように動かない後ろ姿は、何を思い、これからどうしようとしているのだろうか。

　これが本当にゴッホとベルナールを写した写真だとすれば、ゴッホがパリで暮らした時期、一八八六年頃ということになる。ゴッホがパリに弟のテオと暮らした期間は短く、わずか一八八六年から八八年にかけて、実質二年間だけ——ということも、すでに私はわかっていた。

なんにせよ、この時代、ゴッホはほとんど誰の関心も得られない、どうでもいい存在だったのだろう。この何を撮っているのかわからない写真のどうでもよさが、それを物語っている。

だからこそ、このどうでもいい写真は私の関心を強く引いた。私は画像をプリントアウトし、書斎のデスクの前の壁にピンで留めた。私の背後で首を振っている扇風機の風が当たるたびに、黒い後ろ姿はカサカサと音を立てて腰を浮かせた。

台本はもう製本に入っていたが、私はプロデューサーに電話して、全部一から書き直すと告げた。

彼はあわてふためいた。演出家に確認しなければならないし、もう間に合いませんよと言われたが、私は聞かなかった。一晩で書き直す、まあ見ててくれと。

プロデューサーは困り果てて、あり得ませんよこのタイミングで、塚本さんともあろう人がなぜまたそんな……と、怒ったりすがったり、なだめたりすかしたりしたが、私は頑として受け付けなかった。しまいには呆れ返って、どこをどう変えるんですか？　と訊いてきた。私はきっぱりと答えた。

「ゴッホは神じゃないからね。狂人でもない。人間だ。それをこのホンで証明したいんだよ」


稽古が始まった。私は稽古場に毎日顔を出した。

作家があんまり毎日来ると役者たちが緊張しちゃいますよ、とプロデューサーには煙たがられたが、聞き流した。山埜がどんなふうに役を自分の中に植え付けていくのか、そのプロセスをこそ見てみたかった。

私が新しく書き直した脚本からは「狂気の」「天才」ゴッホが消えていた。代わりに、うだつの上がらない、何をやっても世間から注目してもらえない、凡人の中の凡人のような男がいた。彼は弟にずるずると頼って暮らし、弟は兄を天才かもしれないと思う反面、面倒臭さのあまり、いっそ死んでくれたらと殺意が閃《ひらめ》く瞬間もある。決して仲がいいとは言えない兄弟としてゴッホ兄弟を描いた。また、ゴーギャンに対してはねちっこい嫉妬心を燃やす器の小さい男。実はいちばん得意だったのは、絵を描くことではなく、花瓶に花を生けること、つまり「フラワーアレンジメントの天才」だった——。

「あの、申し訳ないんですが、ちょっと言わせていただいてもいいですか？　僕これ、全然ゴッホらしくないと思うんですが」

私よりもずっと年若い「新進気鋭」の演出家が、こんなゴッホは耐えられない、イメージを壊さないでほしい……という感じで陳情《ちんじょう》してきたのも、いっそ私には愉快だった。

「いや実際、ゴッホって男はこういうヤツだった気がするね。うん」

得心したのは美術家の須藤だった。彼は、ゴッホの中に生えて胸を突き破って出てくる「エイリアン」の怪物みたいな、気味の悪いひまわりを造作して舞台の中心に据えるプランを早速創り、私を満足させてくれた。

山埜は勘のいい役者だった。稽古を重ねるうちに、次第にゴッホとはどういう画家だったのか、というよりも、どんな人間だったのかを意識して役に入っていく様子が窺《うかが》えた。

しかしまだまだこんなもんじゃないだろう。山埜はまだ役者・山埜祥哉として「ゴッホ」という役を演じているにすぎない。

――もっと入ってこい、もっとだ。

「正直、最初に台本読んだときはちょっと、なんだこれ？　って思っちゃいました。僕が想像していたゴッホとあまりにも違ったんで……」

稽古が中日《なかび》に差しかかった頃、山埜がそう白状した。

「君のイメージしてたゴッホは、どんなだったの？」

私の質問に、山埜は苦笑いして、

「ものすごく情熱的で、狂気を含んでいて、天才的な絵描き」

ゴッホを主人公にした映画や舞台のＤＶＤをいくつか観て、どの作品にも共通しているイメージに感化されてしまったと。

「ひねりなさすぎですよね」

「まあ確かに」と私も苦笑した。

「でも、だからこのゴッホを山埜君が演《や》る意味があるんじゃないかな。みんな、君を天才的な役者だと思っていて、実際そうなんだろうけど、その天才が天才を演っちゃ面白くないわけだよ。当たり前すぎてね。君が、天才でもなんでもない、ひとりの人間ゴッホを演じるのを、俺は見てみたいね」

プロデューサーが近くにいて、私たちの会話に耳をそばだてているのがわかった。彼は、私が余計なことを山埜に吹き込むのを嫌がっているのだ。

「山埜君、ちょっと」

私は稽古場の外へ山埜を連れ出した。廊下でポケットからスマホを取り出すと、保存してある画像を見せた。

「これ。誰かわかる？　後ろ向いてる人」

あのもっさりした後ろ姿。山埜は、え？　と意外そうな声を出した。

「まさか、ゴッホ……とか？」

私は小さく笑った。

「さすが。勘がいいね」

「え、まじですか？　いやこれ、顔が見えないけど……えっ、ほんとにゴッホなんですか？　想像と違うな。ヤバいっすね。この背中、全然オーラがない……」

山埜は役作りのために、鬼気迫る自画像のイメージをしつこく自分の中にインプットしてきたらしく、こんなクマのような後ろ姿がゴッホだと言われても、全くピンとこないようだった。

「俺も最初ホンを書き始めるにあたって、ずっとゴッホの自画像を眺め続けてきたんだけど、ふと思ったんだよね。自画像って、結局、鏡の中の自分を観ながら描いてるわけでしょ。誰でもそうだと思うけど、鏡の中の自分って、いちばん自分が見たい顔を作ってるんじゃないかな。だから、ふいに撮られた写真って、なんかこれ自分じゃないって思うことがある……」

「あ、確かに」

「だから、この写真、ほんと何撮ってんだかわかんないどうでもいい写真だけど、だからこそ、この後ろ姿のゴッホは、かなり純度が高い。素の背中だよ。ゴッホって、のちのちに神格化されて、伝説の神殿の中に閉じ込められて、まつり上げられてるけど、そもそもそういうタイプだったかっていうと、全然そうじゃない。本来は、ごく普通の人間だったんじゃないかっていう……」

　それがホンを書き上げるにあたっての私の結論だと言うと、山埜はじっと考え込む様子だったが、

「なるほど。わかりました」

明るい瞳を上げた。そして、芝居がかった口調で言った。

「へっ！　ゴッホのどこが神だよ。なんなら人の中の人じゃないか。だろ？」

私は笑って、そうそう、その調子、と山埜の肩を叩《たた》いた。

ほんとうにこの役者は勘がいい。——いいぞ、その調子だ。


連日、熱のこもった稽古が続いていた。

休憩時間に、山埜が私のところへ来ると言った。

「ゆうべ、ゴッホが夢に出てきたんですよ」

だいぶ入ってきたなと思いながら、「ふうん。どんな人だった？」と訊いてみた。

「わかりません。むこうを向いていたので……あの写真のような後ろ姿でした。フィンセント！　って、僕、呼びかけてみたと思うんだけど、こっちを向いてくれなくて」

じれったかったです、と笑って、稽古に戻っていった。

その日の夜半、私はふと目が覚めて、トイレに起きた。ずいぶんまえに離婚してから、ずっと独り暮らしである。歳のせいか、夜中にトイレに起きるのはもう習慣のようになっていた。

廊下を挟んで、トイレの真向かいは書斎である。そのドアが少しだけ開いている。閉めようとしたとき、部屋の片隅で、消したはずの扇風機が音もなく首を回しているのに気がついた。あれ？　と思って部屋の中に入った。

カサカサ、カサカサ……常夜灯に誘われた蛾《が》の羽音のような音を立てて、壁に留めたあの写真がふわり、ふわりと浮き上がっている。私は目を凝らした。

——え……？

横顔。後ろ姿の男の横顔が見える。私は息をのんでその場に凍りついた。

と、横顔は消え、やはり黒い岩のような後ろ姿が写っている。私は息を放った。

——なんだよ。気のせいか。

私は扇風機のスイッチを切ろうとして、それがぴくりとも首を動かしていないことに気がついた。

ゲネプロの日になった。

山埜はすっかりゴッホになりきっていた。私が脚本の中に描いた「ふつうの人間」に。

神話の檻《おり》からゴッホを解放するのが私の狙いだった。どこにでもいる誰か、けれど絵画に対する感覚だけがまるで未来を見てきたかのように先行している、そういう人物。笑いも泣きもする、希望に胸を躍らせもし、絶望に苦しみ喘《あえ》ぎもするひとりの人間。そういう「ひと」としてのゴッホに、山埜はぴたりと自分を同化させつつあった。

ゲネプロが終わって、いよいよ明日は初日である。私は楽屋に山埜を見舞った。赤毛に赤ひげの迫真のメイクアップを落としてさっぱりした顔に向かって、私は言った。

「いやあ、よかったよ。たいしたもんだ。ゴッホが舞台に降臨したかと思ったよ」

山埜は笑って応えた。

「いやいや、ゴッホは日本人じゃないし、神でもないんで。降臨とかないです」

「そりゃそうだ」私も笑った。

「でも、ゴッホは日本人になりたがってたくらい日本に憧れてたんだし、山埜君の姿を借りて日本のこの劇場に蘇ることができたとしたら、さぞかし嬉しいんじゃないの」

初日の成功を確信して、私は劇場を後にした。

脚本を書くことを生業《なりわい》にしてきたが、これほどまでにホンの出来映えに満足を覚えたことはなかった。たいがい、演出家の勝手な解釈で当初のイメージとは違うものにされてしまったり、役者の演技がどこか合わなかったりして、作者の予想は裏切られることが多い。長く演劇の世界に関わるうちに、舞台とはそういうものなのだと私も心得ていた。しかし今回ばかりは私の予想通りに芝居が仕上がりそうだ。

私はひとりで興奮していた。なかなか寝つけず、そんなことをしたことはそれまでなかったのだが、下戸《げこ》のくせに、来客用にと置いてあったワインを開けて、寝るまえにインターネットで動画を漫然と見ながら飲んでみたりした。

——最高の舞台になるぞ。戯曲賞もとれるかもしれない。

長年狙っていた賞があった。なかなかとれないのを、私は心中密かに演出家や役者のせいにしていた。せっかくのいいホンなのに、どうしてちゃんと仕上げてくれないんだ、と。

ワインをちびちび舐《な》めているうちに、いつの間にか眠りに落ちた。

私は、夢の中にいた。川っぺりに持ち出した椅子に座って、誰かと向き合っている。その誰かに向かって、懸命に語りかけている。

――あともう少しだ。もう少しで時代が俺たちに、君に追いつく。もう少しの辛抱だ。それまで、ほら、先に行って待っていたらいい。未来の日本へ行って。それは、あっちのほうにあるから……。

私は川向こう、東の方角を指差して言った。黒い帽子の下の暗い目がじっと私をみつめている。誰だろう、この男は？　――私がよく知っているこの顔は……。

目が覚めた。

枕元のスマホを手に取って見ると、午前三時過ぎだった。喉の渇きを覚えて、ベッドを抜け出した。

廊下へ出ると、突き当たりの書斎のドアがほんの少し開いている。奇妙な予感がして、近づいていった。

ドアの隙間《すきま》から中を覗く。扇風機が音もなく首を振っている。カサカサ、カサカサ、壁に留めたあの写真が音を立てながらふわりと浮き上がる。私は息を殺してそれをみつめた。

後ろ姿の男。――ふり向いていた。こちらをみつめ返す、その顔。

赤ひげの痩《や》せた顔。――山埜の顔だった。

あわててドアを閉め、寝室へ駆け戻るとベッドに倒れ込んだ。頭からタオルケットを被って目をつぶった。そして、いま見てしまったものを夢だったことにするために、眠りの淵へと自分を追いやった。


初日。

場内は満席だった。私はいちばん後ろの席で舞台を見守った。

壇上には巨大なひまわりがぬっと生えて、その傍らに佇む山埜は孤独な魂が宿ったゴッホその人に見えた。

二時間余りを山埜はゴッホとして生き切った。彼の熱演に潮騒《しおさい》のごとく満場の拍手喝采《かっさい》が送られた。三度目のカーテンコールで、客席の全員が立ち上がり、スタンディングオベーションとなった。そんなことはなかなかないのだが、私もつられて立ち上がり、夢中で手を叩いた。

終演後、楽屋ロビーに関係者が集まり乾杯となった。山埜は役者が演じ切ったあと見せる清々《すがすが》しい顔をしていた。グラスを合わせに私のところへ来ると、山埜は声を潜《ひそ》めて言った。

「ゆうべ、また夢を見たんです。とても奇妙な夢で……」

私は高揚した気分のままで返した。

「おっ。またゴッホが登場したわけ？」

山埜はにこっと笑った。

「僕、夢の中で塚本先生と会ったんです」

へえ、と私は応えて、何気なく訊いた。

「どんなシチュエーションだった？　川っぺりに椅子を出して向き合ってたりして」

いや、と山埜は首を横に振った。

「どこかの部屋……書斎のような部屋にいて……はっきり覚えているのは、色付きの夢だった、ってことです」

夢に色が付いているかどうかなんて考えたこともなかったので、私は山埜の言うことを面白く思った。まるで画家の感性そのものじゃないか。

「当ててやろうか？　黄色い夢だろ」と私は愉快な気分で言った。

「その書斎には黄色いひまわりの絵が飾ってあった。そうだろ？」

山埜はじっと私をみつめてから答えた。

「いえ。青です。青いパジャマ。先生が青いパジャマを着て、ドアの隙間からこっちを覗き見してました。僕はそれに気がついて、振り向いた。僕たちの目が合って……」

どきりとした。

——青いパジャマ？

私が長年愛用しているのはまさしく青いパジャマだ。そう、昨夜も……。

「先生は、怯《おび》えるように僕をみつめていました。僕が呼びかけようとすると、ドアを閉めて、行ってしまいました。……そこで目が覚めました」

山埜は、暗いまなざしを私に向けていた。

「——なんだったんでしょうね、あの夢は」

帰宅後、また書斎のドアが開いているのをみつけた。

迷いつつも、そっとドアの隙間から中を覗いてみた。心臓が早鐘を打つように高鳴っている。

扇風機がしんと静まりかえって部屋の片隅に佇んでいた。そして、デスクの前の壁に留めてあったはずのあの写真は、あとかたもなく消え失せていた。

私の書斎の窓から、大輪のひまわりが咲いているのが見える。

あれは、どこに咲いているんだろう。

——そうか。あの劇場の、舞台の上か。

ひまわりは燃え尽きた姿を壇上に晒《さら》して、そのままいつまでも動かずにいる。

初出

深海魚　Secret Sanctuary――――小説現代2008年５月号

楽園の破片　A Piece of Paradise――――小説新潮2007年12月号

指　Touch――――野性時代2008年６月号

キアーラ　Chiara――――すばる2008年８月号

オフィーリア　Ophelia――――小説現代2023年４月号

向日葵《ひまわり》奇譚　Strange Sunflower――――小説現代2022年11月号

単行本化にあたり、一部加筆訂正しました。

「オフィーリア　Ophelia」は、芥川龍之介作『地獄変』を下敷きにして創作されました。

原田マハ（はらだ・まは）

1962年、東京都生まれ。関西学院大学文学部日本文学科、早稲田大学第二文学部美術史科卒業。伊藤忠商事、森ビル森美術館設立準備室、ニューヨーク近代美術館勤務を経て、2002年にフリーのカルチャーライターとなる。'05年『カフーを待ちわびて』で第１回日本ラブストーリー大賞を受賞し、'06年作家デビュー。'12年『楽園のカンヴァス』で第25回山本周五郎賞、'17年『リーチ先生』で第36回新田次郎文学賞を受賞。ほかの著作に『本日は、お日柄もよく』『キネマの神様』『たゆたえども沈まず』など多数。'19年に世界遺産・清水寺で開催された展覧会「CONTACT つなぐ・むすぶ 日本と世界のアート展」の総合ディレクターを務めるなど、日本・世界各地のアートと美術館の支援を続けている。

黒《くろ》い絵《え》

第一刷発行　二〇二三年十月三十日

著　者　原田《はらだ》マハ
発行者　髙橋明男
発行所　株式会社　講談社
〒112-8001東京都文京区音羽二-一二-二一
電話　出版　〇三-五三九五-三五〇五
　　　販売　〇三-五三九五-五八一七
　　　業務　〇三-五三九五-三六一五

本文データ制作　講談社デジタル製作
印刷所　株式会社ＫＰＳプロダクツ
製本所　株式会社若林製本工場

定価はカバーに表示してあります。

Printed in Japan　ISBN978-4-06-533239-9
N.D.C. 913　218p　20cm

KODANSHA